Gratias tibi ago

Dietmar R.

Vorwort

‚Laubenpieper' gärtnern mitten in der Stadt Berlin. In keiner vergleichbaren Stadt gibt es diese kleinen Gärten mit dieser Mischung aus Weltstadt und Provinz. Wer sind diese Menschen, die wie besessen in der Erde wühlen oder alles naturbelassen wachsen lassen? Ich gehöre seit über 45 Jahren zu dieser Art Spezies und bewirtschafte in einer Kleingartenanlage einen Garten. Ich kenne die Gartenfreunde mit ihren Macken, ihren Träumen und Wünschen. Ich habe sie mit liebevoll-scharfem Blick beobachtet und darüber diese Geschichten geschrieben.-

Die letzten Paradiese

Kleingärtner und Laubenpieper

Zum Lachen komische Geschichten über Gartenfreunde und all ihre Macken, Wünsche und Träume
von
Manfred Schmidt

>In jedem Anfang wohnt ein Zauber inne< sagt der Poet. Tod im Paradies, Liebe, Lust und Leidenschaft. Diese sinnlichen Verführer werfen ihre Netze aus. Der laue Abendwind zaubert leise eine Melodie auf einem hölzernen Windspiel unter dem Torbogen. Der wohltemperierte Wein mundet köstlich. Der Zeremonienmeister für diese Stimmung will noch eins draufsetzen und lässt ein liebestolles Grillenmännchen mit seinen Flügeln rappeln.

Meine Seele baumelt sich lang. Entspannt lehne ich mich zurück und schließe die Augen. Ich bin allein hier in einem Kleingarten der Kolonie ‚Goldähren'. So, als wäre es an der Zeit, dieser Glückseligkeit noch ein I- Tüpfelchen zu verpassen. Zeitgleich dieser optische und akustische Angriff auf die Sinne. Spuren der Erinnerung, fotografisch gespeichert, dieses Spiel kenne ich doch. Das Objekt der Begierde spielt das allseits bekannte Spiel von Lust und Leidenschaft. Wer ist der Verführer, wer der Verführte? Wer ist Sieger, wer Verlierer? Mein Adrenalin-Spiegel sendet Alarmsignale. Ich bin ein Mann, ein gestandenes

Mannsbild, und stelle mich der Herausforderung. Ich kenne diese Situation und habe oft erleben müssen, dass es ein tragisches Ende nahm. Es wird immer einen Verlierer geben. Das macht mich einerseits traurig, doch andererseits habe ich dieses Spiel nicht begonnen. Sie nähert sich verführerisch, streckt ihre langen Beine nach vorn. Ein Anblick, bei dem mir heiß und kalt wird. Ihr schlanker Körper windet sich geschmeidig. Diese Zartheit, diese grazilen, perfekten Bewegungsabläufe fordern meine Bewunderung. Ich oute mich als gefügiges Opfer und lasse sie nicht mehr aus den Augen. Zielstrebig nähert sie sich mit einer leisen Melodie. Ich spüre meine Erregtheit, meine Pulsfrequenz steigert sich analog zum Adrenalin-Programm. Dann berührt sie mich. So sanft, so leichtfüßig, wie sie es nur kann. Es ist jetzt still geworden, keine Melodie begleitet diesen so wichtigen Moment unserer Gemeinsamkeit. Der Genuss der Berührung, der Vereinigung unserer Körper, bildet den Einstieg zur Apokalypse des Untergangs. Die Klaviatur der Grausamkeit geschieht nicht in Zeitlupe, im Gegenteil. Im Mini-Sekundentakt, nach einem Schema, einem genauen Plan, läuft ein einstudiertes Programm ab. Die Tragik des

Schicksals liegt in dem Umstand, dass es für das plötzliche Ende keine kitschige, sentimentale Sterbehilfe gibt. Der Countdown läuft bereits. Im Rausch der Sinne, am Ziel ihrer Träume, schließt sie die Augen. Sie genießt die berauschende Zweisamkeit. Sie schmiegt sich an meine warme, weiche Haut und ist glücklich, mir so nah zu sein. Im Augenblick dieses Höhepunktes verdunkelt sich der Horizont. Ein scharfer Luftzug zerrt an ihrem Körper. Dann wird es still und alles ist vorbei. Der Sekundentod einer ‚Diptera-Nemtocera', ein zweiflügeliges Stechinsekt, auch genannt Mücke, hat der Sekundentod ereilt. Auf meinem Arm ein kleiner Blutfleck und ein winziges Etwas, ein zermalmter Körper, es juckt ein wenig. Es wird ein ‚Nachjucker' für die nächsten Tage.

Tags darauf: „Was machst du da"? tönt ein Stimmchen am Gartenzaun zum Nachbargrundstück. Es ist die kleine Martha, gerade erst fünf Jahre alt geworden. „Wie du siehst, liege ich ganz entspannt im Liegestuhl und genieße die Stille". „Wer bist du"? „Ich bin ein Nachbar von Bernd und Brigitte. Die Beiden machen gerade Urlaub in Amerika. Eigentlich sollte ihr Neffe Mario die Gartenpflege übernehmen. Leider ist er verhindert und nun kümmere ich mich in dieser Zeit um diesen Garten. Sie haben mir auch von dir erzählt". „Wie heißt du"? „Ich heiße Heinz" „Wo ist Amerika"? „Weit weg, am schnellsten kommt man mit dem Flugzeug nach Amerika". „Hast du Kinder"? „Nein" „Warum nicht"? „Ich bin nicht verheiratet". „Mein Papa und meine Mama sind auch nicht verheiratet. Mein Papa ist viel unterwegs. Hast du eine Freundin"? „Ja, sie lebt in Amerika, sie kommt mich aber bald wieder besuchen". „Warum hast du keinen Garten"? „Ein Garten macht viel Arbeit, ich weiß nicht, ob ich die Zeit dafür habe". „Kommst du morgen wieder"? „Ich glaube schon". „Tschüss" „Tschüss, Martha".

Die Kastanienklause wird „Zum Dudelsack"

Vier Wochen Urlaub liegen vor mir. Es sind die ersten schönen warmen Frühlingstage. Ich habe die Beete gepflegt, Unkraut gezupft und am Abend den ersten Muskelkater seit langer Zeit. Der große Forsythien-Strauch am Gartentor beginnt zu blühen. Mit der Gießkanne habe ich einen Gartenzwerg, der sich unter dem Strauch versteckt hat, einen Arm abgeschlagen. Ich werde ihn morgen wieder ankleben. Hoffentlich gelingt mir das. Das Wetter bleibt schön, ich sitze unter der großen Kastanie in der ‚Kastanienklause', dem Vereinshaus der Kolonie ‚Goldähren'. Renate, die Pächterin, wird von allen ‚Nateken' genannt, und alle duzen sich hier. Es dauert nicht lange und Peter setzt sich zu mir an den Tisch. Er bewirtschaftet schon viele Jahre eine ‚Goldähre'-Scholle. Wir begegneten uns schon öfter und jeder hatte immer einen frechen Spruch auf den Lippen.

Nach dem zweiten Bier erzählt mir Peter, wie vor einem Jahr eine Woche lang die Vereinsgaststätte einen anderen Namen trug. „An einem Mittwoch im Juli", erzählt er, „ein heftiges Gewitter tobte sich mit allem, was dazu gehört, über dem Kleingartengelände aus. Nateken saß allein in ihrer ‚Kastanienklause'. Plötzlich wurde die Tür aufgerissen und ein völlig durchnässter Kerl in sehr abgetragener Restkleidung suchte Schutz. >Er sprach nicht unsere Sprache<, erzählte Nateken. In Nateken wuchs das Mutter-Theresa-Syndrom, sie päppelte ihn wieder auf. Dadurch, dass sich Nateken gleich in der ersten Nacht als Wärmflasche zu dem smarten Jüngling legte, machte die Erholung gute Fortschritte. Sie nannte ihr ‚Fundstück' Mac. Bestimmt ein Schotte, das glaubte sie aus den ‚Seemann-Tattoos' auf beiden Armen zu lesen. Mac, ein rauer ‚Seemann' mit tätowierter Brust und strammen Muskeln, hier in unserer Kleingartenanlage, ein Novum der besonderen Art. Ihr Mac fand auch Gefallen an der reifen Nateken die mit ihren 38 Jahren älter war als Mac. Nateken schwebte nun auf Wolke Sieben. Ein großes Schild mit den Buchstaben ‚Zum Dudelsack' hing eines Morgens im strahlenden Sonnenschein über dem Eingang zur ‚Kastanienklause'. Die ‚Goldähre-Laubenpieper' rieben sich erstaunt die Augen. Der Vorstand nahm Nateken in´s Gebet >so geht das nicht<. Die ‚Goldähre'-Skatgruppe boykottierte den Skatabend am Freitag. Nur Törnsen, der ‚Wasserwart', schlurfte missgelaunt zu später Stunde in den ‚Goldähre'- Dudelsack. Mit Freibier und sechs doppelstöckigen Klaren lockerte Nateken sein Sprachzentrum und gewann ihn als williges Medium. Nateken überlegte lange und genau. Die Buschtrommel arbeitete leise und zielgenau mit Erfolg. Am nächsten Samstagabend, die Männer sahen sich zu Hause das Sportprogramm an, herrschte reges Treiben im ‚Goldähre'-Dudelsack. Sogar die hörbehinderte Oma

Buttgereit im Rollstuhl wurde in den Gastraum geschoben. Die Landfrauen standen im Alkohol-Vernichten ihren Männern kaum nach, zumal es ja Freibier gab. Nateken ließ sich nicht lumpen und spendierte ausgiebig den >Klaren< aus großen Gläsern. Ihr Mac hatte auch schon heftig ‚einen im Tee'. Beinahe wäre er kopfüber die kleine Bühne hinunter gepurzelt. Das lag nicht an der baulichen Substanz, eher daran, dass Mac als Hobby-Stripper noch absoluter Newcomer war. Elf alkoholbenebelte Landfrauen klatschten sich die Finger heiß, damit Mac seine Intim-Tätowierungen an´s Licht zerre. Mitten auf dem Zenit dieser wilden Orgie ging das Licht aus. Opa Rasmussen aus der verwilderten, heruntergekommenen Parzelle schräg gegenüber, hatte hinter der Gardine gelauert und wollte diesem ‚Sodom und Gomorrha' ein Ende bereiten. Geschickt hatte er im Strom-Verteilerkasten die Hauptsicherung gelockert. Die Folgen waren fatal und müßig, im Detail zu beschreiben. Erwähnt werden sollte aber, dass die aufgeputschte Frauen-Clique sich zu einer Polonaise mit der Oma Buttgereit gesammelt hatte, um dem halbentblößten Mac in den großen Garten zu folgen. Das Areal in und um den ‚Goldähre'-Dudelsack wurde zwei Stunden später zum >No-Areal-Gebiet< von der Polizei erklärt. Drei Leichtverletzte konnten ambulant behandelt werden. Opa Rasmussen hatte es heftig erwischt, das hatte er sich aber selbst in seiner elektrizitätslosen dunklen Laube angetan. Mac wurde von der Polizei mitgenommen und Nateken erfuhr, dass ihr Schotte kein Schotte war, sondern ein gesuchter Kleinganove aus Eberswalde und dass sie erst einmal auf seine Dienste verzichten müsse. Das ‚Dudelsack'-Schild verschwand in der Mülltonne und es kehrte wieder die übliche Langeweile in der ‚Goldähre'-Kastanien-Klause ein.-

„ Guten Tag, Herr Gartennachbar", tönt eine scharfe weibliche Zunge von der Nachbarparzelle links. „Bist du der Gärtner, der jetzt drei Monate den Garten von Brigitte und Bernd pflegt"? Ich fahre erschreckt hoch, „ein Gärtner bin ich nicht und ich weiß nur von drei Wochen Urlaub"! Lange Pause. „Sicher hat dir Brigitte und Bernd gesagt, du sollst rechtzeitig die Kartoffeln anhäufeln. Warum tust du das nicht"? Ich wurde vor dieser Helma gewarnt, >bleib cool und mach was sie sagt, dann hast du Ruhe<, sagte mir Brigitte bei der Gartenschlüsselübergabe. Diese

Helma weckt sofort ein Bild auf meiner Festplatte von meiner Klassenlehrerin Frl. Diehn aus den fünfziger Jahren. Fehlt nur noch das Bestrafungslineal in ihrer Hand. Damals sagte man zu unverheirateten Frauen immer Fräulein, egal wie alt sie waren. Helmas Blick bohrt Löcher. Meine Redeblockade löst sich schubweise. „Das mit den Kartoffeln krieg ich schon hin", kommt es mir mutig über die Lippen! „Dass die Beiden aber drei Monate in den Staaten bleiben, finde ich verdammt unfair. Es war immer nur von drei Wochen die Rede". „Haste wohl nicht richtig hingehört", sagt Helma. Bevor sie sich vom Gartenzaun entfernt, hebt sie drohend den Zeigefinger, „und vergiss nicht, die Hecke zu schneiden. Unser Kurt, der erste Vorsitzender, hat ein besonderes Auge auf solche Amateur- Gartengestalter wie dich geworfen. Ach ja, bevor du anfängst zu schnippeln, sieh genau nach, ob da nicht ein Vogel in der Hecke brütet. Deswegen hat es schon mächtigen Ärger gegeben". Helma winkt mich näher heran, "Ganz im Vertrauen sage ich dir jetzt was! Der Rotzlöffel von der Parzelle 81, der Enzo, hat nur Blödsinn im Kopf. Bei neuen Unterpächtern platziert er gern mal Vogelnester in die Hecken. Nur so aus Spaß, verstehst du"? „Und wo liegt das Problem"? frage ich Helma nun deutlich verärgert. „Brütet da was, darfst du nicht die Hecke schneiden, Vogelschutz, verstehst du? Schneidest du nicht, hast du Erklärungsbedarf. Jeder Kolonie-Clown spricht dich dann an, damit du endlich die Hecke schneidest".

Heckenschnitt nur an Blatt-Tagen

Helmas Aufforderung, die Hecke nicht zu vergessen, hatte sich wie ein böser Stachel tief in mein Gedächtnis gebohrt. Meine allgemeine Wohlfühlstimmung sackte mit jeder Stunde immer tiefer.

So sieht also ein Gartenleben aus. Zwei Tage später werde ich Zeuge, wie das Heckenschneide-Virus brutal über die ‚Goldähren'-Kleingärtner herfällt. Einer fängt an, dann geht es ratz-fatz. Jeder Heckenbesitzer beginnt, seine Hecke zu bearbeiten. Als Spaziergänger getarnt schreite ich mit wachem Blick die Koloniewege ab, um die variantenreichen Schnitt-Techniken zu studieren.

Ich sehe Hecken, die wie mit dem Lineal akkurat zugeschnitten wurden. Hecken, die trapezförmig nach oben weit ausladend in den Weg hineinragen. Oben abgerundet, unten schmal, oder auch umgekehrt. Der Kreativität sind keine Grenzen gesetzt. Als ich glaube, reif für diese Art der künstlerischen Gestaltung zu sein, will ich loslegen. Siedend heiß fällt mir noch rechtzeitig Helmas Mahnung ein, >überzeuge dich, dass kein Vogel in der Hecke brütet<. Und richtig, ich werde fündig, ein Vogelnest befindet sich in der vierzig Meter langen Hecke. >Na warte, du Rotzlöffel, mit mir nicht<, posaunt mein Ego in Siegerlaune. Mit dem Korpus Delikti in der Tasche trabe ich zur Parzelle 81. In das leere Nest habe ich aus strategischen Gründen einen ‚Merci-Riegel' drapiert. Als Deeskalations-Obolus, falls es brutal oder laut werden sollte. Der Rotzlöffel sei erst am Wochenende wieder auf der Parzelle, erfahre ich vom Vater Heinz.

Am Samstag kommt es zum großen Show-down. Ich stelle den Rotzlöffel zur Rede. Enzo streitet beharrlich alles ab. „Früher waren das Kinder-Späße von mir, jetzt bin ich aus diesem Alter heraus". Ich gebe auf und futtere den Deeskalations- Riegel selber. Ergo habe ich einem Vogelpaar das Nest unter den ‚Federn' weggenommen. Ich muss es ja keinem sagen. Am nächsten Tag beginne ich mit dem Heckenschnitt. Fünf Meter habe ich schon geschafft. „Hecken schneidet man an Blatt-Tagen, heute ist kein Blatt-Tag"! Vor mir hat sich Karl aufgebaut. Er hat den Spitznamen ‚Karl der Käfer'. Sein Markenzeichen ist ein riesiger Kugelbauch, den zwei kurze Beine tragen müssen. „Was meinst du mit ‚kein Blatt-Tag"? „Nach dem Mondkalender schneidet man die Hecke bei abnehmendem Mond. Die Sträucher verlieren dann nicht so viel Substanz. Sie bluten nicht so viel"! „Wann ist denn wieder so ein Blatt-Tag"? „In neun Tagen"! Er dreht ab und murmelt noch, „alles Amateure, diese Hobby-Gärtner. Hören was von ‚Urban Gardening' und meinen, sie seien ein Gärtner von Prinz Charles". Den neunten Tag habe ich total versemmelt. Am elften Tag ‚säge' ich die Hecke tiefer. Dann muss sie halt bluten, denke ich verärgert. Helma schluckt, macht Fotos und ein Selfie von der Hecke mit mir. „Für mein Spaßalbum", säuselt sie hämisch. „Männer, Männer" und dreht grinsend ab.

Am Abend muss ich meinen Frust bei ‚Nateken' mit einem Bier betäuben. Ich treffe auf Enzos Vater. Dass der Enzo nicht mehr die Nummer mit den Vogelnestern abzieht, glaube ich ihm. „Für mich ist mein Enzo der erste ‚Start-Up'- Unternehmer vor Ort", sagt Vater Heinz stolz. „Zum zwölften Geburtstag, vor zwei Jahren, wünschte sich Enzo „Meriones ungauiculatius", mongolische Rennmäuse", erzählt er. „Wir hatten Enzo's Wunsch erfüllt, aber nicht weiter nachgefragt, was er mit diesen Renn-Mäusen anfangen will". Enzo studierte das Verhalten der acht gleichgeschlechtlichen „Krieger mit Krallen" im großen Terrarium. Nach drei Wochen intensiven Studiums war Premiere. Zwölf Kids wurden zur Wettparty eingeladen. Enzo hatte eine achtspurige Rennpiste gebastelt, geschickt präpariert und nahm die Wetteinsätze in Empfang. Am Ende gab es immer Sieger und Verlierer, wie im richtigen Leben. Enzo verstand es, geschickt die Ergebnisse nach seinen Vorstellungen zu manipulieren. Mal wurde der Vier-Stunden-Wachrhythmus der Tiere gezielt eingesetzt, die Krallen bei einem Tier besonders kurz geschnitten, oder die Laufbahn unter der dünnen Sandschicht präpariert. Intensiver Handseifenduft förderte Höchstleistungen und immer den richtigen auf das Siegertreppchen. Enzo's Sparbuchkonto wuchs beängstigend. Eines Tages bat der Vater von Sven, eines der gebeutelten Opfer, den Vater von Enzo zu einem vertraulichen Gespräch. Die beiden Väter meinten, die

Rennmaus-Wetten seien ein verbotenes ‚Glücksspiel' von strafunmündigen Kids und sollten nicht mehr stattfinden. So kam es auch. Enzo verhökerte die Rennmäuse im Internet. Gegen ein Aufgeld verkaufte er seine Insider-Tipps. Das ist jetzt fast zwei Jahre her. Enzo war ein pfiffiges Kerlchen und suchte sich eine neue Herausforderung. Die Eltern von seinem Freund Malte hatten keinen Kleingarten, dafür aber einen Tee-und Kräuterstand auf dem Wochenmarkt. Enzo fand schnell Gefallen an den Kräutern und surfte tagelang im Internet. Er wurde fündig und hatte einen Plan. Er half seinem Freund Malte am Stand seiner Eltern. Malte und Enzo zeigten sich sehr interessiert und staunten über die Vielfalt und Wirkung der Tees und Kräuter. Keiner ahnte, was die beiden wirklich vorhatten. Helma hatte mich vor ihm gewarnt. Ich hatte es verdrängt, vergessen, nun ist es passiert.

Eine Tomatenliebe geht zu Ende

Ich puzzle gerade das Grünzeug vor der Hecke am Hauptweg weg, da steht er vor mir. Edwin, manche sagen auch ‚Fischkopp' zu ihm. Er ist schon lange Pensionär und leidet unter krankhaftem Kontrollzwang. Er gilt als harter Hund, Kompromisse geht er nicht ein. Wenn jemand in der Mittagszeit den Rasensprenger anstellt, dröhnt seine Stimme warnend durch die Kolonie. Wasserverschwender, Umweltrowdy. Ganz schlimm wird es, wenn er mit seinem Gartennachbarn, dem ‚Humpel-Kumpel' unterwegs ist. Der war schon immer so, sagen die, die ihn schon lange kennen. Jeder neue Gartenfreund muss sich die Geschichte von seinem Großvater anhören. Er wiederholt sie auf Wunsch gern jedem, der es hören will. Sein Großvater aus Ostpreußen starb an der ‚Haff-Krankheit'. Diese, so sagte er, trat erstmal 1924 bei vielen Menschen in Ostpreußen am „Frischen Haff" auf, daher der Name. Krankheitsursache war stets der Genuss von Fischen, die in einem harten Winter lange unter einer Eisdecke lebten. Als Edwin als Kind diese Geschichte hörte, weigerte er sich, Fisch zu essen. Er verzichtet auch heute noch kategorisch auf Fischprodukte. Vor drei Jahren, erzählt Edwin, wäre er beinahe elendig krepiert. Seine Nachbarin, die Rosi, hatte immer die größten und schmackhaftesten Tomaten im Garten. Wenn sie reif waren, beglückte sie Edwin gern mit diesen tollen

Früchten. Es war eine glückliche ‚Tomatenliebe' zwischen ihnen. An einem Freitag brach für Edwin eine Welt zusammen. Er traute seinen Augen nicht, was er da sehen musste. Seine Tomaten-Rosi vergrub gerade Fischköpfe rings um die Tomatenpflanzen. Edwin rang nach Luft und dann nach Worten. Rosi erklärte unbekümmert, dass Fischköpfe für Tomaten einen hervorragenden Dünger abgeben. Als Rosi erzählte, dass sie das schon immer so mache, drehte sich Edwin angewidert weg und musste sich übergeben. Seitdem sprechen sie kaum noch miteinander.

Früher war alles besser. Die Sommer länger, die Luft sauberer und Kleingärtner waren noch richtige Kleingärtner, erklärt mir Edwin. Da wurde noch richtig im Garten gegärtnert. Es wurde nur Essbares im Garten angebaut und jeder zeigte stolz den großen Kürbis, die Super-Gurken und jeder hatte natürlich auch die größten Kartoffeln. Heute ist der Verein, seiner Meinung nach, zu einer ‚Gurkentruppe' mutiert, nach dem Motto: nur naturbelassener Wildwuchs ist ehrliche Natur. Für Edwin sind diese Gartenfreunde die reinsten Kulturbanausen und Öko-Fuzzis, denen man keinen Kleingarten anvertrauen sollte. Wer von den Öko-Amateuren weiß schon, dass das Erbgut der Gurke als siebente Pflanze entschlüsselt wurde und dass die Zuckermelone auch zur Gattung der Gurken gehört.

Wenn dem Edwin ein Schnäpschen über den Gartenzaun angeboten wird, macht er auch Weltpolitik und weiß alles, was uns noch blüht. >Früher gab es noch richtige Politiker, heute nur noch Amateure. So wie unsere ‚Goldähren' -Öko-Fuzzis. Und wenn wir gefeiert haben, dann wurde geschwoft bis zum Abwinken mit Keilerei und Tanzvergnügen<.

Schneckenalarm

Ein heftiges Gewitter tobte mächtig am schwarzen Himmel. Ich überlebte dieses Szenario in dem kleinen Häuschen von Bernd und Brigitte, bis die Sonne sich hinter den nun heller werdenden Wolken hervortraute. Die Natur atmete tief durch, die Erde sog gierig das lebensnotwendige Wasser auf. Ich war nicht allein im Garten. Große, kleine braune, graue, schleimige ‚Schleimkriecher' waren auf Beutezug. Schon als Kind habe ich mich vor diesen Schleimern geekelt. Was tun, wohin mit diesen ‚Schleimmonstern'? Handlungsbedarf war erforderlich. Was einen Kleingarten von der freien Natur unterscheidet, ist auch die Tatsache, dass der Mensch nun in den natürlichen Kreislauf eingreift. Selten, um zu überleben, meist aus Profitgründen, weil er keine Mitesser duldet.

Wie entledige ich mich dieser kleinen Monster? Ich kenne Witze über die humane Art der Schneckenentsorgung. Die einfachste Art ist die Weitwurftechnik hinüber in den Nachbargarten. Mindestens 20 Meter weit, die Biester finden sonst den Weg zurück. Gib deinem Affen Zucker, spendiere deinen Schnecken einen Freiflug, tönt ein verstecktes Stimmchen in meiner Brust. Ich ertappe mich wie ich einen Kontroll-Rundblick zu den Nachbargärten absolviere. Halt, die Fairness siegt! Das willst du doch gar nicht, oder? Ich suche mir ein großes Glas und sammle die Schleimer ein. Morgen werde ich die ‚Goldähren'-Profis fragen, wie sie dieses Problem managen. Zum Schluss will ich mir einen Spaß gönnen und eine fette Schnecke rüber in den Nachbargarten werfen. Ich gebe ihr noch den guten Rat mit auf den Weg, sich ja nicht hier wieder blicken zu lassen. Ihr Flug endet sehr schnell im tiefhängenden Ast des Apfelbaumes gleich neben mir. Ein Stimmchen in mir flüstert, >nicht mal das kannst du richtig<!

Am nächsten Tag bekomme ich sagenhafte Tipps zur Schneckenentsorgung. Vor Ort zerteilen (durchschneiden) wird sehr oft genannt. Alle Gartenfreunde, die ich befrage, geben bereitwillig Auskunft. Oft wird ein Mittel gestreut, das als ‚Fraßhemmer' wirken soll. Die Schnecken ziehen sich zurück und sterben nach einigen Tagen. Ein anderes Mittel schädigt die Schleimhäute der Schnecken. Die ausschleimenden Schnecken liegen dann verstreut im Garten herum. Ein Mittel schockiert mich ganz besonders. Es verwendet ein Nervengift mit hoher Toxizität. Wer Haustiere hat, sollte im Garten solche Mittel nicht verwenden. Ich bin überrascht, dass all diese Mittel frei verkäuflich sind. Da kommt mir dieser Lauser, der die Schnecken per Flugreise zum Nachbarn befördert, eher wie ein Robin Hood vor. Ich werde mal Helma fragen, was sie mir empfiehlt.

Enzo der Pilzzüchter

In der ‚Kastanienklause' baggert mich Herbert an. Schnorrer-Herbie hat eine verdammt wichtige Story auf der Pfanne. „Du musst mir helfen, ich werde bedroht", jammert er in gekonnter Schnorrer-Manier. Nach dem zweiten Bier kommt er endlich zur Sache. „Der Enzo hat sich vier Strohballen für eine Pilzzucht anliefern lassen. Einen Strohballen hat er provozierend auf der Veranda vor dem Laubeneingang positioniert. Hier, ich zeige dir Fotos. Aber wo sind die anderen drei"? „Wie funktioniert das mit der Pilzzucht", frage ich Herbie? „Du nimmst einen Strohballen – idealerweise Weizenstroh – und weichst ihn ca. 48 Stunden lang ein. Nach den ersten 24 Stunden musst du das Wasser wechseln. Danach den Ballen einen Tag abtropfen lassen. Aus den geimpften Ballen kommen dann irgendwann die Pilze. So einfach ist das! Aber jetzt kommt der nächste dicke Hund", flüstert mir Schnorrer-Herbie ins Ohr. „der Enzo ist ein ausgekochter Dealer, verstehst du? Lass mal noch ein Bierchen rüberwachsen und du fällst aus den Socken. Der Enzo verhökert mit seinem Freund Malte Tees. Maltes Eltern haben auf dem Wochenmarkt vor dem Rathaus einen Stand. Ihr Garten ist mit vielen verschiedenen Tee-Pflanzen bestückt. Auf dem Markt bieten die Jungunternehmer dort nicht die üblichen 08/15-Beutel-Mischungen zum Kauf an. Sie haben etwas ganz Spezielles im Angebot, wenn du verstehst, was ich meine". „Nein Herbie, so richtig verstehe ich das Ganze noch nicht". Herbie rückt näher zu mir heran. „Der Enzo kann Teesorten empfehlen, die wunderbar ein Gespräch unter Freunden begleiten. Und andere, die eher für geschäftliche Gespräche geeignet sind. Er kennt Tees, die beruhigen sollen oder für einen dringend benötigten Energiestoß gut sind. Er gibt Tipps zur optimalen Wassertemperatur und zur Dauer der Zieh-Zeit. Egal, ob einer die Teeblätter frei schwimmen lässt oder einen Dauerfilter verwendet. Die Kundschaft kommt von weit her, Puristen und Kenner verlangen zielstrebig nach bestimmten Sorten und Enzos Beratung. Vor einer Woche hatte ich mir von Enzo eine Probe geben lassen. Nicht teuer, das Kraut, aber der reinste Hammer", sagt Herbie. „irgendwie tat mir das Zeug gut. Ich bohrte solange, bis mir Enzo erzählte, was für ein Kraut er mir gegeben hatte. Es ist die Tee-Mischung ‚Tian Mu Qing Ding', das himmlische Blatt. Bekannt auch unter dem Namen ‚Lava Red', aber eher für Räucherstäbchen. Die getrockneten Tee-Blätter werden mit ein wenig ‚künstlichem Canabinoid' besprüht. Die Kunden mögen diesen Tee, er berauscht ein wenig und macht gute Laune. Enzo versicherte, dass dieser Tee keine schädlichen Nebenwirkungen hat und nicht auf dem Index für verbotene Rauschmittel steht. Das mit dem Lustigmacher-Kraut ist vielleicht doch nicht ganz koscher, es scheint aber nicht auf dem Index zu stehen. Sonst hätte Enzo mir das nicht so freimütig geschildert. Dagegen ist die Nummer mit den vier Strohballen der absolute Hammer. Der Enzo plant bestimmt ein ganz großes Ding". „Wie kommst du darauf", frage ich Herbie? „Alle in der Kolonie haben mitbekommen, dass Enzo sich vier Strohballen anliefern ließ. Der Lieferbote ist erst einmal eine viertel Stunde mit den Strohballen durch die Kolonie geirrt, bis er Enzo´s Parzelle gefunden hatte. Nun ging das kollektive Grübeln los, >was will der mit dem Zeug anfangen<? Enzo streute das Gerücht, er züchte aus den geimpften Strohballen Champignons. Einen Strohballen hatte er ja provokativ auf die Veranda positioniert. Ich fragte mich, was macht er mit den anderen drei? Vor einer Woche schlich ich mich nachts auf die Parzelle. Weit kam ich nicht. Der ‚Schlums' hatte alles penibel mit Bewegungsmeldern bestückt. Vorgestern war doch so ein

heftiges Abendgewitter. Verdammt viele Gartenfreunde waren schon vorher retiriert, das war meine Chance. Ungesehen kam ich an die Rückseite der Laube. Zwischen dieser und einem Lamellen-Sichtschutz steht ein kleines Gewächshaus. Da drinnen befanden sich die drei Strohballen akkurat gestapelt. Aus dem Obersten lugten kleine Pilzköpfe heraus. Ich schnappte mir den größten Pilz, roch und schmeckte an dem Beutegut. >‚Heidewitzka', das geile Zeug kennst du doch<, rauschte es über meine Synapsen. Ich bin ein alter achtundsechziger WG –Veteran, ich kenne mich da aus. Ich war Revoluzzer, Frontmann bei Studenten-Bambulen und Bettlaken-Parolen-Träger gegen Talaren-Muff, für Anarchie mit Gebrüll. Aber nicht so richtig, ohne Herzblut, verstehst du? Als kiffender WG-Bestäuber, Blumenstängel, im Blumenkinderreigen bin ich durch die Anarchiekommune gerobbt. 1970 auf Fehmarn, das Love & Peace-Festival, war ein Schlüsselerlebnis. In unserer Kommune, wo krabbelnde Windelträger in Kleingruppen auf dem Matratzenlager und Umgebung schon mal die Nudelteller an die Wand warfen, nur so zum Spaß. Später werden sie auch die Welt verändern, auch nur so zum

Spaß. Werden kiffen wie ihre Erzeuger. Wenn sie richtig groß sind, werden die, die es bis in den Bundestag schaffen, für die Hanf- Liberalisierung kämpfen. So kam es ja dann auch. Früher war das Zeug frei im Handel erhältlich. Diese ‚magic mushrooms' hatte jeder ‚Hippie' in dieser Zeit wie das Pausenbrot im Beutel dabei. Seit 1971 wird die Extraktion aus Pilzen oder gar Synthese strafrechtlich verfolgt. Verstehst du, der kleine Enzo wandelt auf sehr dünnem Eis". Herbie grübelt, „Was soll ich machen"? „Weiß ich doch nicht", antworte ich genervt. „ich halte mich da raus"! Mein Hobby-Gärtner-Alltag ist sowieso bald vorbei. Noch ist er gespickt mit ganz anderen Problemen. Nacktschnecken, Wühlmäuse, Kellerasseln und einer Helma, die immer dann auftaucht, wenn ich sie nicht erwarte! Und ich verstehe nicht, warum so viele Menschen unbedingt einen Kleingarten haben wollen? Wir genehmigen uns noch einen Absacker, natürlich alles auf meine Rechnung.

Morgen kommt Helma und zeigt mir, wie Tomatenstauden ausgeizt werden. Ich freu mich jetzt schon. Dann werde ich sie fragen, wie ich die Nacktschnecken bekämpfen soll. Helma habe ich nun schon drei Tage lang nicht in ihrem Garten gesehen. Also haben meine Schnecken halt noch Schonzeit. Die Rasenfläche vorne am Eingang könnte wieder einen Kurzschnitt vertragen. Diese kleine Rasenfläche ist Bernds Steckenpferd. Besser kann keiner seinen ‚englischen Rasen' kultivieren, meint er immer stolz.

Poesie des Augenblicks

Zufrieden über das Geschaffte genieße ich den Anblick. Dieser Geruch von frisch gemähtem Gras weckt Kindheitsträume. Ich lege mich ins Gras, Wolkenbilder schauen. Die Poesie des Augenblicks. Ich breite meine Arme weit aus und atme tief und ruhig. Bewusste Wahrnehmung, so einfach und doch so intensiv. Die Welt ist nicht so kompliziert, wie wir manchmal meinen. Wenn wir in unserer ach so sachlichen, logischen Welt der Phantasie Raum geben zum Träumen. Wenn wir uns verzaubern lassen von der Magie der Träume, und Wahrheiten, die wir nicht verstehen als Wunder tolerieren. Ich spanne den Bogen von der gegenwärtigen Wahrnehmung zur fließenden Erinnerung. Ich lasse mich darauf ein. Ich schließe die Augen und gehe auf Zeitreise.

In den Sommerferien fuhr unsere Familie immer zu unseren Verwandten an die Elbe.
Ich sehe mich wieder lachend über eine Wiese laufen. In einem Damals, als die Luft noch gefühlt sauberer war, die Sommer wärmer und länger. Ich bin nicht allein, Stimmen und Lachen, toben und rennen. Ich höre meinen Namen rufen, immer wieder. Ich öffne die Augen. Martha steht am Gartenzaun, ruft und winkt mir zu. Ihre Eltern wollen heute grillen und laden mich dazu ein.
Sie geben sich als Veganer zu erkennen. Es gibt Kräutersaitling-Zucchini- Spieße und Tofu-Tomaten-Pfännchen. Es hat super geschmeckt. Zum Glück verschmäht Marthas Vater kein Bier, es ist noch ein lustiger Abend geworden.

Wieder hat es einen Gartenfreund am hellen Tag erwischt. Dreiste Diebe haben sich in seine Gartenlaube geschlichen, während der Gartenfreund nur kurz hinter seiner Laube zu tun hatte. Geld und wichtige Papiere sind nun in Diebeshand. Das ganze Spektakel hat nur wenige Sekunden gedauert. Die Buschtrommel warnt die

Koloniegemeinschaft. Viele verschließen jetzt Gartentor und Haus, während sie im Garten arbeiten.

Wahre Liebe kennt kein Hindernis

Das Drehbuch für das morgendliche Ritual kennt die Laufwege, Jogger lieben die Strecke durch den Park und durch die Kleingartenanlage. Ich bin kein Jogger und biege gerade in den Hauptweg ein. Periculum in mora, die Gefahr im Verzuge, nähert sich in Zeitlupe und in Gestalt eines heranhechelnden Hundes. Das leinenlose Tier entpuppt sich als mittelgroßer Hütehund. Ungestüm mit großen Sprüngen hechtet er nach etwa 200 Metern über einen Gartenzaun. Die Ereignisse überschlagen sich. Ich stehe wenig später am Gartentor zur Parzelle 111. Odette Zimt, die Unterpächterin steht am Gartentor und ist ganz verzweifelt. Plötzlich kommt ein Mann angerannt und ruft aufgeregt nach seinem Hund. Derweil spielt sich auf der Wiese im Garten von Odette eine ‚Tragödie' ab. Odette ringt nach Luft und sinkt auf die kleine Bank am Gartentor. Wir werden Zeuge einer unglaublichen Szene Der herangestürmte Hund hat nicht lange gefackelt, er vergewaltigt in gekonnter Manier die kleine Pudeldame

Soraja. Odette Zimt ist einer Ohnmacht nahe. Der Mann hat seinen Kreislauf nun wieder im Griff. „Liebe Frau, wissen sie nicht dass ihre Hündin in Hitze ist? Mein ‚Akbasch' hat schon hinter der Kurve an der Straße die Spur aufgenommen und hat sich losgerissen und ist davon gestürmt. Ich habe schon das Schlimmste befürchtet!" Odette hat sich gefangen, will zu dem perversen Vergewaltiger, um ihn von Soraja herunter zu reißen. Der Mann hält sie zurück. „Ist eh zu spät, ich kenne meinen Akbasch, das schaffen sie nicht, wir beide zusammen auch nicht, es kann bis zu zehn Minuten dauern." Odette Zimt ist völlig fertig mit den Nerven. „Darf ich mich vorstellen, ich heiße Aykut und der Liebe machende Hund ist mein Kangal. Wir kommen beide aus Anatolien. Ich lebe schon zwanzig Jahre hier, meinen Kangal habe ich vor zwei Jahren aus Anatolien mit hierher gebracht. Er ist ein Hirtenhund, ein bisschen faul, dafür aber in der Liebe, wie man sieht, sehr ausdauernd. Übrigens, sie haben schöne Haare, wenn ich mir das erlauben darf zu sagen!" Odette Zimt hat wieder Boden unter den Füßen. „ Nun hören sie mal zu, holen sie endlich ihren Kangal von meiner Soraja da runter!" „Liebe Frau, bleiben sie ganz ruhig, die Beiden machen Liebe, Liebe ist doch was Wunderbares!" Ich bleibe stummer Zeuge dieser Kommunikation. Der Mann, der Aykut heißt, erzählt von sich, dem Leben und von der Liebe, und das sein Name Aykut eine besondere Beziehung zum Mond symbolisiert. Tatsächlich hat der anatolische Hirtenhund fast zehn Minuten auf der Soraja rumgemacht. Wie ein verliebtes Ehepaar kommen sie nun zu uns geschlichen. Akbasch legt sich geschafft zu den Füßen seines Herrchens. Soraja bleibt wie paralysiert vor Odette Zimt stehen. Das Liebespaar bekommt Streicheleinheiten, von Beiden. Aykut nimmt seinen Akbasch und sie verlassen die Parzelle. Frau Odette Zimt bittet mich noch ein wenig zu bleiben. „Wissen sie, ich habe mich akribisch von einer kleinen Pathologin zur Gerichtsmedizinerin hochgearbeitet. Jahrelang öffnete ich Leichen zur Abklärung der Todesursache. Meine Meinung war gefragt. Dann der Sprung in die forensische Medizin. Hier war ich eine Rechtsmedizinerin im Bereich Thanatologie und der forensischen Molekularbiologie. Mit 33 Jahren lernte ich Jürgen kennen, einen Studenten der Archäologie. Wir beide studierten und arbeiteten mit toten Gegenständen. Für den Einen von uns ging es um

Jahrhunderte oder Millionen Jahre, für den Anderen um Minuten. Der Ehrgeiz, so genau wie möglich zu sein, fraß uns regelrecht auf. Wir hatten den Kopf nicht mehr frei für das wahre Leben, wir vergaßen es regelrecht. Die ganzen Jahre haben wir uns mit toten Gegenständen befasst. Das wahre Leben rauschte an uns vorbei. Als Jürgen vor zwei Jahren starb, ging ich vorzeitig in den Ruhestand. Ich bekam diesen Garten und bin dem Schicksal unendlich dankbar dafür, dass ich die Wunder der Natur auf diese Weise kennenlernen darf. Ich kann mir ein Leben ohne diesen Garten nicht mehr vorstellen. Ich stehe oft staunend wie ein kleines Kind vor meinen Blumen. Ich sehe Bienen, Hummeln, Schmetterlinge und manchmal sogar Libellen in meinem Garten! Meine Soraya hat ja nun auch ihr ‚Wunder' erlebt. Wir werden es schon schaffen. Es ist, wie es ist, es kommt wie es kommt".

Goldgräberstimmung

Kein Nostalgie-Charme kommt gegen den Schimmel an. Es stinkt nach feuchtem ‚Muff' im Gemäuer. Der ‚Muff' der Zeit hat Spuren hinterlassen, die richtig wehtun. Die 20-qm-Steinlaube hat ausgedient. Keiner kennt das wahre

Alter. Der Jürgen ist der neue Unterpächter und schafft Fakten. Nach Arbeitsschluss wird kräftig gewerkelt. Nach einigen Tagen ist das marode Gemäuer verschwunden. Eine neue Laube im Blockhausstil hat er sich bestellt. Jürgen bereitet den Aushub für das Fundament vor. Viel Schrott, Metall aus Kriegstagen kommen zum Vorschein. Bestecke, Teller, Munitionshülsen mahnen zur Vorsicht. Der Jürgen gräbt und pult wie ein Archäologe. Er wird fündig, ein ‚Orden am Band' und allerlei Münzen befinden sich in einer Blechbüchse. Eine zweite Büchse ist bis zum Rand ebenfalls mit Münzen gefüllt. Der Jürgen ist im Goldrausch, schweigt wie ein Grab und schürft heimlich weiter. Sein bester Freund ist eingeweiht. Kein öffentliches Gerede soll Träume zerstören. Jeder Schritt muss wohlüberlegt sein. Sind die Münzen wertvoll, muss der Fund gemeldet werden? Gibt es Finderlohn? Fragen über Fragen. Jürgen holt sich Fachliteratur aus der nahen Bücherei, um festzustellen, wie wertvoll diese Münzen sind. Just in dem Augenblick, als er beim Einscannen der entliehenen Bücher ist, sehen wir uns. Wir ziehen einen Kaffee aus dem Automaten und Jürgen erzählt mir die Story von dem Münzenfund. Von seinem Onkel hat er gehört, dass viele Kleingärtner ihre Wertsachen wie Uhren und Schmuck vor dem Kriegsende 1945 in ihren Gärten vergraben haben. Die Russen, so wird erzählt, kamen dahinter und manche Gärten wurden total umgegraben. Wir gehen auseinander mit meinem Versprechen, nicht mit Anderen darüber zu reden. Zuhause habe ich mal gegoogelt. Es sieht schlecht aus für Jürgen. In Berlin gilt das ‚große Schatzregal'. Der Staat verlangt alles. In anderen Bundesländern sieht es anders aus.

Loretta das Luder

Ein weiterer Sonnentag zaubert gute Laune. Mein letzter offizieller Urlaubstag. Früher als sonst mache ich mich auf den Weg zum Garten. Am Eingang zur Kleingartenanlage stehen auffällig viele unbekannte Menschen. Auf dem nahen Parkplatz wuseln hektisch aufgeregte Personen hin und her. Autos stehen wild und quer im Gelände. Hubwagen transportieren schweres Gerät. Junge Leute verteilen Handzettel. In der Nähe sehe ich den 1.Vorsitzenden Kurt in einem Gespräch mit Presseleuten. Jedenfalls sehen sie so aus. Was ist da bloß passiert? Neugierig lese ich, was da auf den Handzetteln steht. Die

Filmgesellschaft ‚Glorie-Film AG' will kurzfristig einige Sequenzen für einen Krimi auf dem Areal der Kleingartenanlage ‚Goldähren' drehen. Der ursprüngliche Drehort, eine Kleingartenanlage an der Stadtautobahn, steht wegen eines schweren Verkehrsunfalls plötzlich nicht mehr zur Verfügung. Das Filmteam suchte dringend einen passenden Drehort. Der ‚Goldregen'-Vorstand griff sofort zu und die Filmcrew rückte an. Die Vereinskasse bekommt einen noblen Bonus auf das Vereinskonto überwiesen, da sie bereit ist, so kurzfristig dieses Projekt zu genehmigen. Es wird gebeten, an diesen zwei Tagen den Anweisungen des Film-Teams Folge zu leisten. Für Einschränkungen der Bewegungsfreiheit bitten sie um Verständnis. So stehe ich mit vielen Kleingärtnern hinter dem Absperrband und schaue, was da passiert. Laut Absprache bekommen wir als Komparsen keinen extra Obolus. Das ist alles mit einer Pauschale abgegolten. Letztendlich auch egal, meinen viele, es kommt ja unserer Vereinskasse zugute und wir kommen ins Kino. Am Set fuchtelt aufgeregt der Location-Scout mit seiner Flüstertüte. Scheinwerfer werfen Licht ohne Schatten. Zwei Kameramänner fahren gegenläufig auf

Schienenwegen Probe. Ein Megafon-Mann posaunt in Kurzform ein Drehszenarium an das Komparsen-Volk. Kurze Einweisung, dann heißt es >Aktion, Klappe die Eins, Kamera läuft<. Loretta, das Urgestein in dieser Kleingartenanlage, liegt gemeuchelt auf ihres Rasens Grün. Direkt unter ihrem murkligen Aprikosenbäumchen. Blutrot getüncht ist das Leinen-Nachthemd. Show-down auf der Parzelle 77, die Kleingärtner am Heckenzaun sind erregt und geifern. Ein Mord in unserer Kolonie, mein Gott, was ist das für eine Zeit. Gespielter Zorn in Echtzeit, wie das Leben so ist. Ein weißrotes Flatterband markiert das >No-Areal-Gebiet<. Ein Schnüffelhund leckt Blut vom Meuchelmesser. Ein Megafon-Mann brüllt in die Gafferschar, Platz zu machen für Hund und Herrchen. Der Schnüffelhund zieht an der langen Leine, bis zum nahen U-Bahn Schacht. Das war's. Der Vereinsfrieden brodelt gekonnt. Jeder Amateurschauspieler zieht wissend einen Verdächtigen aus dem Hut. Protokolle und Fragen, wer einen Mörder im Angebot hat. Jeder hat einen Verdächtigen auf der Liste, der eine Leiche im Keller hat. Ein ‚Take' wurde achtmal wiederholt. Die tote Loretta mit dem Meuchelmesser in der Brust konnte nicht lange genug bei den Nahaufnahmen die Luft anhalten. Bernardo, ein Yogalehrer mit Zertifikat wird schnell herangekarrt. Er bringt ihr schließlich die optimale ‚Totenstarre' bei. Dann erneute Unterbrechung. Der Dackel von Elfriede prescht bellend auf den ‚Kameramann 2' zu. Elfriede taucht unter das Absperrband und stürmt hinter ihrem ‚Bonzo her. Ein Megafon-Mann brüllt entsetzt „Aus! Aus! Aus!". Diese Szene wird elfmal wiederholt, bis sie im Kasten ist. Kurze Pause am Set und im Komparsen-Team. Man kannte sich doch. Loretta war ein Luder, jetzt ist es öffentlich. Sie zog im verborgenen Gewächshaus verbotenes Grün. Brannte heimlich schwarz und Scharfes, nicht nur zum Verkosten. Keiner hat's angeblich gewusst. Der Fingerschwur ist schnell zur Hand. Loretta wird in Schließfacheis gebettet. Es schaudert im Nacken, der Mörder läuft noch frei herum. Türen werden verrammelt, das Beil hat ein jeder Gartenfreund schnell zur Hand. In der Abenddämmerung zieht die Angst durch Zaun und Hecken. Die Zeit verrinnt, die Häscher jagen den Mörder. Der Loretta-Meuchler ist auf der Flucht. Klappe aus, das war's für heute.

Der zweite Drehtag, nur zwei Parzellen weiter, wird zum Panoptikum der Eitelkeiten. Die ‚Goldregen'-Komparsen haben sich herausgeputzt. Naturbelassene Schönheiten haben Hand angelegt, Farbe ins Gesicht gelassen, passend zum Lieblings-Outfit. Man kommt ja schließlich auf die Kino-Leinwand oder sogar in´s Fernsehen. Der Hühner-Hugo grinst in´s frische Morgengrau. Er schläft bei seinen Hühnern, steht mit ihnen auf und geht zur Ruh, wenn sie es tun. Keiner hat ihn auf der Meuchelmörderliste, sagt das Drehbuch. Hugo gilt als Saubermann mit Geist und Witz. Die Loretta, dieses Luder, hat ihn verschmäht in schwülen Garten-Nächten. Das wollt er rächen. Sein Ego hat sie grob verletzt und lächerlich rundum gehetzt. Hugo hat Blut gerochen. Das Morgengrauen ist noch nicht alt. Zehn Stiche zählt der Sanitäter- Azubi in Rosi´s blutgetränkter Korsage. Donnerwetter, Donnerwetter! Der zweite Mord im ‚Goldregen'-Areal. Der Schnüffelhund hat Lunte gerochen und kommt auf Hühner-Hugo´s Parzelle geschnüffelt, so will es das Drehbuch. >Halleluja< schreit das Hundeführer-Männchen. Der Hugo rennt, er kommt nicht weit. Die Schellen klicken ums Gelenk. Der Chicken-Fucker bricht sein Schweigen. Das war's, die Crew vom Film packt ihre Koffer und der ganze Spuk ist Schnee von gestern.

Die Schlaumeier

Den Garten in der Kolonie ‚Goldähre' erreiche ich über den Hauptweg der Kleingartenanlage. Dann muss ich in einen Seitenweg abbiegen, um in einen weiteren Seitenweg zu kommen. Die von mir zu betreuende Parzelle wird von drei Nachbarparzellen eingerahmt. Rechts gibt es die kleine Martha mit ihrer Mutter Serena und dem Vater Stefan. Zur linken Seite habe ich es mit Helma zu tun. Auf der Rückseite hat ein betagter Rentner seine Scholle. Wir sehen uns sehr selten. Es bleibt stets bei einer kurzen flüchtigen Begrüßung, die meist mit einer unwirschen Grantler-Visage begleitet wird. Im High-Tech-Zeitalter heißt es Newsletter, bei den Kleingärtnern übernimmt die Buschtrommel die Weitergabe von wichtigen und unwichtigen Nachrichten. Über den Gartenzaun, Hecken oder direkt am Gartentor geschieht die direkte Ansage mit Augenkontakt. Oft wichtigtuerisch ausgeschmückt. Selten komme ich ohne Zwischenstopp zum Garten. Vor der >dreiundachtzig< empfängt mich Ewald mit besonders wichtigtuerischer Miene. Er ist ein Veteran aus der Gründerzeit des Kleingartenwesens. „Es wird Zeit, dass du die Brennnessel-Lauge ansetzt", tönt er lautstark. „Die Plagegeister sind jetzt hyper aktiv. Die musst du rechtzeitig bekämpfen", mahnt er kopfnickend. Gern hätte ich ihm geantwortet, dass Schmetterlingsraupen Brennnessel brauchen, um uns dann als Schmetterlinge zu erfreuen. Man sollte also einige stehen lassen. Neulich hat er mir in Schullehrermanier erklärt, nur die Edelwicken riechen. „Die anderen kannst'e vergessen, nur Optik". Eigentlich bräuchte kein Newcomer- Kleingärtner dicke Gartenbücher studieren. Vor Jahren habe ich Brigitte und Bernd ein ‚Handbuch für Hobby-Gärtner' geschenkt. Jeder Gartenfreund hat Weisheiten, Ratschläge für alle Fälle. Wenn es doch mal nicht hilft oder nicht gut läuft, kommt der Spruch, >bei mir hat das geholfen, da hast du was falsch gemacht oder falsch verstanden<. „Ach übrigens, ich habe gesehen, du hast neulich die Hecke geschnitten. Hast du auch richtig nachgesehen, ob da nicht wieder Vögel brüten?" Ich versichere ihm, dass ich genau nachgesehen habe. „Vor zwei Jahren hat dort in der Nähe ein Zilpzalp-Pärchen gebrütet," verkündet Ewald stolz. „Der Zilpzalp oder Weidenlaubsänger ist schon was ganz Besonderes hier in unserer Anlage. Er brütet gern am

Waldesrand. Dass dieser Vogel hier bei uns brütet, liegt wohl an der Nähe zum Park. Sein Gesang besteht aus einem eintönigen Gesang. Eigentlich nur einer Silbe. Das hört sich etwa so an, >Zilp-Zalp< oder >dill-dem, dill-dem<. Man könnte meinen, da klopft jemand mit einem Hämmerchen auf Metall. Ich glaube", sagt Ewald stolz, "ich bin der einzige Laubenpieper hier, der von der Existenz des Zilpzalp etwas mitbekommen hat. Also, wenn du mal was über Vögel wissen möchtest, frag mich einfach. Ich sage dir noch was, viele Gartenfreunde haben Vogelkästen aufgehängt und glauben, damit ist es getan. Kaum einer kontrolliert die Kästen und reinigt sie. Ich habe in der vorigen Woche alle meine Vogelkästen abgenommen. Was soll ich dir sagen, in einem Kasten war ein ausgewachsener Holunderbär, ein Fleckleinbär, etwa 4 cm lang mit weißen Flügeln und mit schwarzen Punkten, auch als Tigermotte bekannt. Ein Nachtfalter aus der Familie der Bärenspinner. Für die Vögel ist er giftig, gegen Fledermäuse erzeugt er ein knackendes Geräusch und stößt auch Schallwellen aus. Er ernährt sich auch von Brennnesseln, deshalb lasse ich immer einige in meinem Garten stehen. Für uns Menschen besteht keine Gefahr.

So, nun frag mal die ganzen Laubenpieper hier, wer darüber etwas weiß? Also, mein Lieber, wenn du mal einen eigenen Garten hast, etwas wissen möchtest, ich stehe dir gern mit Rat und Tat zur Seite." Ich bedanke mich bei Ewald und bin in meinem Pflegegarten angekommen. Ein seltenes Bild. Der Grantler-Opa steht am Gartenzaun. Er hat ein Problem. „Ich muss ihm helfen", tönt er selbstbestimmend. Nach einer kurzen Unterredung dreht er ab und nun habe ich ein Problem. Als wenn ich nicht schon genug Probleme habe, lasse ich mich auf einen merkwürdigen Deal mit dem Grantler-Opa ein.

Die Jahreshauptversammlung

An der Mitteilungstafel wird zur nächsten Jahreshauptversammlung in das Vereinshaus geladen. Der gesamte Vorstand ist neu zu wählen. Alle arbeiten ehrenamtlich. Seit 20 Jahren führt Kurt als 1. Vorsitzender die ‚Goldähren'-Koloniegemeinschaft. Manche sagen, der Kurt ist ein harter Hund. Andere sagen, streng aber gerecht. Kurt ist ein Mensch, der die Kommunikation sucht. Er liebt das direkte offene Wort und hält nicht viel von vorausgeplanten, sogenannten Gartenbegehungen.

Gibt es seiner Meinung nach Redebedarf, steht er am Gartentor und wenig später auch schon mal im Garten. Dann wird Tacheles geredet und manchmal auch mit einem Bierchen besiegelt. So kennen die Gartenfreunde ihren Chef und so lieben sie ihren ‚König der Gartenzwerge'. Ich treffe Kurt in der ‚Kastanienklause'. Er bespricht mit Nateken, die letzten Vorbereitungen für die Jahreshauptversammlung, dann kommt er zu mir und erzählt, wie es vor vielen Jahren zuging. „Die Alten kriegen heute noch feuchte Augen beim Erzählen. Die Wahl eines Vorstandes war stets ein Ritt durch das Fegefeuer der Eitelkeiten. Ein Kleingartenvorstand, das Sinnbild eines aufrechten ‚Vereinsmeiers', galt als Bewahrer von Gesetz und Ordnung. Am Wahltag hatte die Stunde der Wahrheit geschlagen. Aus dem Fundus der Anwesenden sollte ein neuer Vorstand gewählt werden. Ab ‚ignem'-vom Feuer, von dem, was man hatte, sollte man bereit sein zu geben. Wenn man selbst keinen Verlust dadurch erleidet, mahnte ungeduldig der bisherige Statthalter. Sie kamen in Gruppen, der Raum füllte sich mit geschwätzigen Zungen. Endlich konnte jeder zeigen, wozu er sich berufen fühlt und braucht nicht mit geballten

Fäusten in seiner Hosentasche still auf seinem Stuhl verharren. Eine Eigentümlichkeit der Torheit ist es, die Fehler der anderen zu bemerken, die eigenen zu vergessen. Jetzt könnte er es selber und besser machen. Die Wahl begann, ‚Alt um Silentium', ein tiefes Schweigen, geduckte Häupter. Leise Stoßgebete mit spitzer Zunge. Der Kelch möge vorüber ziehen. Die Zeit stapelte den Minutenturm immer höher. Es kam, wie es kommen musste. Die ‚Alten' waren wieder die ‚Neuen'".

Es ist Wahltag, ich nehme als Gast teil. Der erste Vorsitzende Kurt eröffnet die Versammlung. „Liebe Gartenfreunde. Bevor wir in die Tagesordnung eintreten, mein persönlicher Appell an Euch. Die Bereitschaft, Verantwortung für eine konstruktive Mitarbeit im Vereinsleben zu übernehmen, stößt oft auf ‚kollektive' Ablehnung. Die Ursachen sind vielfältiger Natur. Wir leben in einer äußerst konkurrenzbetonten Leistungsgesellschaft. Das Streben nach einer befriedigenden Work-Life-Balance führt zur Verschiebung der Prioritäten. Die Familie und Arbeit unter einen Hut zu bringen ist oft nicht einfach. Das betrifft nicht alle Gartenfreunde. Viele von uns haben ein hervorragendes Zeitmanagement. Doch sie bleiben passiv, sie warten, dass etwas geschieht. Die Welt ist nicht perfekt, halten wir dagegen, denken wir positiv. Wenn wir in unserem Vereinsleben etwas verändern wollen, fangen wir doch bei uns selbst an. Veränderung bringt immer Herausforderung mit sich. Es gibt einen Antrag, dass während der Versammlung keine Getränke mehr ausgeschenkt werden sollen. In der Vergangenheit hat das den Verlauf der Veranstaltung sehr gestört". Ich sitze neben Peter, der erzählt mir, wie vor Jahren schon einige Gartenfreunde am Tresen, schon vor dem Ende der Versammlung, Hacke-voll waren. Der Schnorrer-Herbie, der Spaßvogel mit Mandat zum lustig sein, spielt immer den Clown auf den Kinderfesten, er fällt immer als Erster total betrunken vom Barhocker. Der Antrag löst eine kontroverse Diskussion aus. Bis Kurt den Lautstärkeregler zudreht und die Diskussion abbricht. „Das Thema wird in der nächsten Vorstands-Sitzung besprochen", verkündet Kurt. Unter >Verschiedenes< meldet sich nun Gartenfreund Jörg zu Wort. „Ich wünsche allen gewählten Mitarbeitern im Vorstand unserer Kleingartenkolonie eine erfolgreiche und stressfreie

Arbeit. Ihr arbeitet ehrenamtlich und das ist in der heutigen Zeit nicht selbstverständlich. Daher ein herzliches Dankeschön an das neu gewählte Team. Gemessen an dem, was täglich um uns herum geschieht, ist das, worüber ich jetzt reden möchte, so banal, dass es fast schon peinlich ist! Eine Gemeinschaft, z.B. so eine wie wir sie darstellen, wird im Wesentlichen daran gemessen, wie sie miteinander umgeht. Wir beklagen den Werteverfall in unserer Gesellschaft, einige von uns sind aber nicht imstande, im eigenen Umfeld selbst unterschriebene Vereinbarungen einzuhalten. Wir sind eine Gemeinschaft von 150 Kleingärtnern. Im Umgang miteinander haben wir Absprachen getroffen. Das ist notwendig und auch gut so. Dadurch haben wir ein bestimmtes soziales Miteinander geschaffen, mit einem besonders wertvollen Gut! Von 13 bis 15 Uhr herrscht Mittagsruhe! Diese Vereinbarungen sorgen für gesicherte Verhaltensweisen und persönlichen Gestaltungsfreiraum. Zwischen 13 und 15 Uhr herrscht Mittagsruhe in unserer Kolonie, wenn nicht gerade ein Hubschrauber oder Kleinflugzeug den Luftraum über uns beansprucht. Dieses wertvolle Gut, in einer Zeit, die geprägt ist von Lärm und Hektik jeglicher

Art, gilt es zu bewahren. Wir haben Absprachen getroffen und Vereinbarungen unterschrieben! Warum, zum Kuckuck noch mal, setzen sich dann einige Gartenfreunde rücksichtslos darüber hinweg! Ich höre schon die Kommentare: Was soll's, wenn 2 bis 3 Gartenfreunde sich rücksichtslos verhalten und alle freundlichen Bitten nichts bringen. Dann sind das 2 bis 3 % schwarze Schafe in unserer Anlage. Die tauchen in allen Statistiken auf. Diese Exemplare gibt es auch als Nachbar in der Wohnanlage, als Kollege am Arbeitsplatz oder im Sportverein. Diese Meinung zeugt von enormer Respektlosigkeit, nicht von geistiger Größe. Denkt mal darüber nach, liebe Gartenfreunde. Danke für Eure Aufmerksamkeit". Irgendwann ist der letzte Tagesordnungspunkt abgearbeitet. Alle sind froh, dass sich wieder die gleichen Kandidaten zur Verfügung gestellt haben. Der Tagesordnungspunkt Sommer/Kinderfest, wird wie alle Jahre wieder, ein emotionaler Höhepunkt. Einen Festausschuss bilden, die Programmgestaltung planen. Wer hat Ideen, wer hilft bei den Vorbereitungen? So richtig wird keine Organisations-Struktur erkennbar und es wird kommen, wie es immer kommt. Die, die es immer organisiert haben, sind auch dieses Mal wieder die, die es richten werden.

Die Versammlung ist beendet und ich bitte Kurt um ein kurzes Gespräch. „Der Grantler-Opa von der Nachbarparzelle Nr.79 hat ein Problem. Er hat mir die Gartenschlüssel in die Hand gedrückt und mitgeteilt, dass er in ein Krankenhaus gehen muss. Er hat keinen, der sich während seiner Abwesenheit um seinen Garten kümmert Ich habe spontan zugesagt, irgendwie tut er mir leid. Nun schaue ich ab und zu nach dem Rechten. Ich gieße seine Pflanzen und stelle den Rasensprenger an. Meinen Urlaub habe ich aufgebraucht und wenn ich jetzt zwei Gärten nach meiner Arbeit betreue, ist das schon erheblicher Stress". „Ich kümmere mich darum" sagt Kurt, „ich schaue mal, inwieweit es Angehörige von deinem ‚Grantler–Opa' gibt. In der Vergangenheit haben wir schon oft das Thema in den Vorstandssitzungen angesprochen. Oft war es auch ein Thema in den Jahreshauptversammlungen. Es gab viele Vorschläge für sogenannte ‚Patenschaften', die im Rahmen der Nachbarschaftshilfe in solchen Fällen einspringen. ‚Paten', die auch die neuen Unterpächter am Anfang mit Rat und Tat begleiten sollen. Viele kreative

Vorschläge, die aber stets in endlosen Diskussionen und nervenden Debatten endeten. Keiner wollte Verantwortung übernehmen. Eigentlich funktioniert die Nachbarschaftshilfe schon ganz gut. Die Nachbarn sprechen sich im Allgemeinen ab. Übernehmen wechselseitig verschiedene Aufgaben, wenn einer ein Problem hat. Das ist auch gut so. Aber nicht jeder kann mit seinem Nachbarn, da gibt es oft schon Reibungspunkte. Siehe dein ‚Grantler-Opa' von der Parzelle 79. Wie gesagt, ich kümmere mich darum".

Die Prosecco-Frauen

Im Grantler-Garten habe ich alle Pflanzen gegossen, der Rasensprenger dreht brav seine Runden. Ich gönne mir eine kleine Pause. Entspannt schließe ich die Augen und überlege, wie wohl mein Garten aussehen würde. Mein Rasen wäre wie hier beim ‚Grantler' eine Wiese mit Gänseblümchen, Klee und viel unbekanntem Grünzeug. Kein englischer Rasen, der alle vierzehn Tage auf Sollmaß getrimmt werden müsste und viel Dünger benötigt. Ich würde im Herbst sogar etwas Laub auf der Wiese liegen lassen. Das ist ein natürlicher Nährstoff für Regenwürmer und Kleingetier. Natürlich hängt an jedem Obstbaum ein selbstgebauter Nistkasten. Und es gibt Unterschlupfmöglichkeiten für Ohrwürmer und Leimringe an den Baumstämmen. Das schweißtreibende Umgraben käme für mich nicht infrage. Für die Bodenauflockerung nehme ich einen Sauzahn. Zwischen Pflanzenreihen würde ich mulchen. Das erspart das mühsame Jäten oder Hacken. Ich würde mehrere Hochbeete aufstellen und eine passable Kräuterecke anlegen. Ein großes Insektenhotel darf auch nicht fehlen.

Am Abend ruft Kurt an, er hat den Grantler-Opa im Krankenhaus besucht. Sieht nicht gut aus, es wird wohl noch eine Weile dauern, bis er wieder in seinen Garten kann. Angehörige vom Opa Hannes konnte Kurt nicht ausfindig machen, ergo, ich möge mich bitte weiter um den Garten kümmern. Die Parzelle gegenüber meines ‚Pflegegartens' wird von Wolfgang bewirtschaftet. Wolfgang ist ca. 35 Jahre alt, ein netter Typ. Seine Mutter schaut öfters mal nach ihrem Wölfi. Wenn sie auftaucht, verstecke ich mich oder verschwinde, so schnell ich kann. Sie kennt alle Pflanzen und gibt ungefragt Auskunft über den Gartenzaun hinweg, die immer mit einer Anweisung für mich endet. Wenn man nicht aufpasst, steht sie plötzlich in meinem Garten. Ein Horror mit Pferdeschwanz und dicker Hornbrille. Wenn sich die Prosecco-Frauen im Garten von Wölfi treffen, weiß ich, dass die Wölfi-Mutter nicht in der Nähe ist. Wölfi ist ein charmanter Gastgeber für die Prosecco–Frauen-Treffs. Es sind Powerfrauen, die nach der Arbeit ihren Spaß in geselliger Powerfrauen-Runde genießen wollen. Hier wird nicht über die Schneckenplage oder den Birnengitterrost debattiert. Es geht um Mode. Mode und der neueste Nagellack hat Premiere. Manchmal sprechen sie auch über Männer, das hört sich dann nicht immer gut an. Die Treffen finden spontan statt und enden stets gutgelaunt zu später Stunde. Dann gibt Wölfi den Mädels Laufsteg-Unterricht. Wenn Udos 'Griechischer Wein' vom CD-Player schallt, ist es wieder ein gelungener Abend für alle.

Oben ohne und Sexy Wäsche für Landfrauen

Am äußersten Rand der Kleingartenanlage ‚Goldähre', gibt es die Parzelle Nr.112. Hier liegt an sonnigen Tagen die sechszehnjährige Chantal wieder mal oben ohne auf ihrer Sonnenliege. In einer Zeit, wo diese Art von Freizügigkeit nichts Außergewöhnliches mehr darstellt, nimmt niemand Anstoß. Möchte man glauben. Dem ist leider nicht so. Im großen stämmigen Apfelbaum im Nachbargarten klebt ein abenteuerlich gezimmertes Baumhaus. Der elfjährige Sven lungert als Spanner hier oben und hat die Chantal auf ihrer Lustliege im Visier. Chantal weiß das und räkelt sich besonders fotogen im Sonnenlicht. Da begeht der pubertäre Sven einen verhängnisvollen Fehler. Aus seiner reichhaltigen Fotoserie von Chantal auf der Sonnenbank füttert er seine Facebook-Datei. Chantal weiß aber nichts von diesen ‚Tags'. Es dauert kaum zwei Stunden und ein ‚Hashtag'-Sturm bricht los. Svens Vater demontiert augenblicklich das Baumhaus. Es folgen hektische Wortwechsel aller Beteiligten, Erziehungs-Verantwortlichen und Lehrer. Es wird spontan zum Unterrichts-Thema in der Schule. Es gibt noch ein Opfer, das hat aber keiner auf der Liste. Opa Karl, Parzelle links, hat ebenfalls öfter zu Chantal geäugt. Aber diskret und unbemerkt aus der zweiten Reihe und ohne heimlich Fotos zu schießen. Seine Angetraute Hilde hat das längst bemerkt und gönnt ihm diesen Spaß.

Verena ist ein echtes ‚Goldähre'-Kind. Sandkuchen im Buddelkasten backen und Kinderpost spielen, das ist Schnee von gestern. Als sie acht Jahre alt wurde, verweigerte sie jegliche Handarbeit im Garten. ‚Das ist uncool und nichts für meine Fingernägel' verkündete sie selbstbewusst. Nun, mit neunzehn Jahren, ist sie in der Ausbildung und lädt die reiferen Landfrauen zu einer ‚Location' auf die elterliche Parzelle ein. Sie hat ‚Töpfchen' mit allerlei Cremes für geschundene Gärtnerinnenhände. Hochglanzfarben für sensible Fingernägel im neuesten Look. Vierzehn Landfrauen vergessen ihre Gartenarbeit und knabbern Chips und schlürfen Prosecco. Die männerfreie Runde kommt in Stimmung. Kerzenschein zur blauen Stunde. Verena holt noch ein ‚Bonbon' aus ihrer Wundertüte. Die sanfte Verführung für romantische Stunden. BH's und raffiniert geschnittene Wäsche, die die Männer in den nackten Wahnsinn treiben. Das Wetter spielt mit, das Thermometer klettert in wohlige Bereiche. Die Gartenarbeit ruht. Es verspricht eine milde Nacht zu werden. Der erste Verführungsprobelauf im neuen Outfit hat Premiere. Die Frauen lächeln verführerisch.

Gartenarbeit macht sexy, verkündet nicht nur die Apothekenzeitung. ‚Goldregen'-Frauen sind sehr fleißig bei der Gartenarbeit, was soll da noch schiefgehen. In einer Woche gibt es wieder Chips und Prosecco bei Verena. Sie plant auch schon einen Männerabend mit vielen Überraschungen. Unter dem Motto: Liebe kann so schön sein. Kurt hat schon eine Einladung erhalten. Ich hoffe, ich kann auch dabei sein, schließlich arbeite ich in zwei Gärten, da müsste ich doch auch schon ein bisschen sexy sein.

Ohne Handy geht gar nichts

Es gibt einige Gartenfreunde die nur zu den Jahreshauptversammlungen in die ‚Kastanienklause' zu Nateken gehen. Sie werden ihre Gründe haben. Für mich als Aushilfs-Kleingärtner ist das aber ein wichtiger Ort der Kommunikation mit den ‚Eingeborenen'. Neben mir am Tresen steht Karl. Ich schätze sein Alter auf gut neunzig Jahre. Wir kommen schnell ins ‚Gerede'. Er sprudelt los. „Wenn du als Kind in den 50er, 60er oder 70er Jahren lebtest, ist es zurückblickend kaum zu glauben, dass wir solange überleben konnten! Wie war das nur möglich? In den 50er Jahren kannten wir noch kein ‚Handy'. Spielten Straßenfußball, auch mit Mädchen. Konnten uns verabreden und schrieben Briefe. Wir hatten reale Freunde, mal mehr, mal weniger. Wir sagten uns die Meinung, schauten uns dabei in die Augen. Wir kletterten auf Bäume, um Obst zu naschen. Wenn wir uns prügelten, hörten wir auf, wenn einer am Boden lag. Samstags ging es ins Kino, Western mit John Wayne. Wir sind dadurch nicht zu Gewalttätern geworden. Fotografiert wurde mit einer Kleinbildkamera 24x36-Film, oder 6 x 9-Rollfilm Es wurde mit einer ‚Kamera obscura' experimentiert. Das Badezimmer wurde zur Dunkelkammer. Eine verdammt aufregende Zeit, so wie heute. Nur heute im ‚Digital-Zeitalter' ist alles anders. Fast alle nutzen das sogenannte Facebook. Dennoch erinnere ich mich gern an meine 50er-Jahre. Ich habe sie schadlos überlebt, auch ohne Handy, Apps, Smartphone und Skype. Für manchen Jugendlichen heute unvorstellbar"! Karl macht eine Pause, dann schaut er mich fragend an. „Die Zeit wird immer schneller, die Zeit muss wieder ‚entschleunigt' werden! Wer hat denn heute noch Zeit für einen gemütlichen Plausch im Garten? Viele Gartenfreunde hetzen täglich ihren Terminkalender rauf und runter. Sie sind die ‚Lemminge' der >Neuzeit<. Sie haben kaum noch Zeit für ihren Garten, für ihr kleines Paradies. Es gibt Gartenfreunde, die sehe ich höchstens zweimal im Monat am Wochenende in ihrem Garten. Da wird vieles ‚wegdelegiert' und da wird ständig Unlust beim >sich festlegen< zelebriert. Nuturbelassener Wildwuchs breitet sich oft in diesen Gärten aus. So ist das mit dem Wandel in diese komplexere, schnelle Medienwelt. Immer mehr Menschen sind lustorientiert. Manche reden wie ihre Kinder und benehmen sich teilweise auch so. Nach dem Motto: nicht nur im Beruf ein dynamischer, jugendlicher Typ sein. Sie rufen Apps auf über die neuesten ‚Snacking-Trends' und ernähren sich auch so. Sie müssen ja alle so wahnsinnig hip sein. Essen wie in der Steinzeit, Paleo ist gerade Megatrendy. Was in unserer Koloniegemeinschaft passiert, interessiert kaum einen dieser Gartenfreunde. Heute gibt es kein Wohlfühlerlebnis 'Mein schöner Garten' für mich".

Schnell noch zum Gießen in Opa Kramer's Garten. Sein Garten hatte schon Besuch in der Nacht. Die zwei schönen Messing-Wasserhähne mit ihrem Entenkopf-Griff wurden gestohlen. Die Kuckucksuhr über der Laubeneingangstür war ebenfalls nicht mehr an ihrem Platz. In die Laube wurde nicht eingebrochen. Ich suche Kurt auf und erfahre, dass in der letzten Nacht Diebe durch die Kleingartenanlage gezogen sind. Zwei Lauben wurden aufgebrochen. Das geschieht jetzt öfters. Vor einem Jahr wurden im Winter alle Wasserhähne in unserer Anlage abgeschraubt und einem Gartenfreund haben Diebe im Frühjahr die zwanzig Meter lange Kupferrohr-Wasserleitung gestohlen. Sowas passiert jetzt in vielen Kleingartenanlagen. Aus dem nahen Baumarkt hole ich zwei einfache Kugelhähne, die Montage ist problemlos.

Auf Nachtstreife

Es ist Vollmond, eine fast sternenklare Nacht und mich sticht der Hafer. Anders kann ich meine plötzliche Eingebung nicht erklären. Es ist fast Mitternacht, ich bin bewaffnet mit einer Pfefferspray-Dose, die zwar schon drei Jahre über dem Haltbarkeitsdatum liegt, und einer LED-Taschenlampe. Mein Taschenmesser habe ich vorsichtshalber nicht mitgenommen. Nach zehn Minuten gehe ich über den Hauptweg in die Anlage. Plötzlich kommt Wind auf, bizarre Wolkengebilde schieben sich vor den Mond, mich fröstelt. Der Wind wird heftiger und schüttelt Sträucher und Bäume. Ich biege in den Seitenweg zum Seitenweg. Der Mond hat sich hinter fetten, dicken Wolken versteckt. In der Dunkelheit ist jetzt kaum etwas zu erkennen. Mutig lasse ich die LED-Lampe aus. Wenn ich schon Einbrecher überraschen will, kann ich mich nicht schon von weitem ankündigen. Ich überlege, ob es nicht besser ist, umzukehren. Plötzlich eine barsche Stimme hinter mir, „Sag mal Alter, was machst du hier um diese Zeit, ich bin schon eine Weile hinter dir her und denke, wo will der wohl hin?". Es ist Horst. Ich erkläre ihm meinen Plan. "Na du bist vielleicht naiv, mit deiner Spraydose und der Trillerpfeife kommst du nicht weit". Für einige Sekunden lugt neugierig der Mond durch eine Wolkenlücke. Er hat eine ‚Paintball-Gun' mit Nachtsichtgerät in der Hand. Ich bin beeindruckt. „Psst" sagt Horst, „da vorn in der 98 hampeln zwei komische Gestalten herum. Wir warten hier im Seitenweg und nehmen die Typen in Empfang." Tatsächlich, es dauert nicht lange, da kommen zwei Gestalten immer näher. Als sie auf unserer Höhe sind, springt ihnen Horst in Gotcha-Manier entgegen. Ein Schrei, ein zweiter Schrei, ein dritter

Schrei, dann ist es totenstill. Horst hat seinen LED-Scheinwerfer eingeschaltet. „Mensch, Svetlana und Sven, was macht ihr denn hier zu dieser Zeit?" „Wenn du nicht sagen kannst >gehen wir zu dir oder zu mir< was machst du dann? Wir wohnen noch bei unseren Eltern, alles klar?" „Okay, ihr habt hier ein kleines Schäferstündchen in Daddys Laube gehabt. Mann oh Mann, beinahe hätte ich euch einen Paintball mit Pink-Nachtleuchtfarbe auf den Pelz gebrannt". „Ich habe genug von diesem Patrouillengang" sage ich zu Horst, „außerdem ist mir kalt geworden und ich bin müde."

Notbeatmung

Mit dem Vollmond hat sich das Wetter gedreht. Hitzerekord-Tag Nummer drei. Ich schleiche in der Nachmittagshitze zum Garten. Plötzlich ein furchtbarer Knall schräg hinter mir. Mein Einkaufsbeutel saust vor Schreck abwärts. Aus der Schockstarre erholt, übe ich den Rundblick. Einige Meter weiter steht ein Gartentor auf ‚halb-acht'. Ich gehe hinein und sehe Silvia neben ihrer Schubkarre rücklings auf der Wiese liegen. Ich eile zu ihr, sie hat die Augen fest geschlossen. Silvia ist eine

‚Augenweide'. Eine ‚Landfrau' von Format Sie lächelt immer und für jeden. Ihr Mann scheint nicht im Garten zu sein. Ich stehe nun allein vor Silvia auf der Wiese. Liegt es an der recht dürftigen, luftigen Bekleidung von Silvia, die genau dem heißen Wetter angepasst ist, oder prescht da mein Helfer-Syndrom zu frech hervor. Mund-zu-Mund-Beatmung kann in solchen Situationen sicher Leben retten, kommt es mir in den Sinn. Ich falle auf die Knie und setze zur ‚Notbeatmung' an. Jetzt passiert genau das, was nicht nur in den Pilcher-Drehbüchern für Spannung und Fortsetzungen sorgen soll. Just in diesem Augenblick schlägt Silvia die Augen auf und schlägt zu. Wir bemühen uns um Schadensbegrenzung. Ihr Reflex und meine übereifrig hormongesteuerte Rettungstat werden mit beiderseitigen Entschuldigungen und einem ehrlichen Lächeln begraben. Als Trostpflaster gibt es einen selbstgemachten Eierlikör. Verursacher war ein geplatzter Schubkarren-Reifen, der in der prallen Sonne an Überdehnung litt und sich mit lautem Knall verabschiedete.

Eines habe ich bis heute nicht verstanden. Meine liebe Gartennachbarin Helma ist nicht berufstätig. Warum macht sie die lärmintensiven Gartenarbeiten immer erst am Abend. Da wird der Rasenmäher angeworfen, oder schon mal der Häcksler gefüttert. Es gibt einige Gartenfreunde, die so wie ich am späten Nachmittag von der Arbeit kommen und etwas Ruhe und Entspannung im Garten suchen. Ich höre ihn schon von weitem. Helma's Rasenmäher trimmt wieder die Halme. Nach einer halben Stunde ist sie fertig und schickt ein süßsaures Lächeln in meine Richtung. Wenn ich gedacht habe, nun finde ich Ruhe, bin ich auf dem Holzweg. Der Kolonie-Clown, der ‚Schnorrer-Herbie', hat wieder einen ‚im Tee' und stolpert geradewegs in Helmas Garten, die gerade dabei ist, den Rasenmäher im Geräteschuppen zu verstauen. Sie kommen erregt in's Gespräch. Dann sehe ich, wie Schnorrer-Herbie anfängt, ihren Häcksler auseinander zu schrauben.

Helma's Häcksler hatte eines Tages beschlossen, zu streiken. Sie hatte sich soweit erniedrigt und mich vor einigen Tagen angesprochen, ob ich nicht mal nachschauen könnte. Dabei hatte sie so komisch geschaut, als ich sagte, ich hätte von solchen Dingen keine Ahnung. Nun versucht sich der Kolonie-Clown an diesem Gerät. Er flucht wie der Teufel. Wenn Helma ein Bier rüberwachsen lässt, könnte es bestimmt schneller gehen, meint er grinsend. Helma hat kein Bier und der Schnorrer-Herbie hat keine Ahnung von Häckslern. Ich mache mir Sorgen, wie das wohl weitergeht. Als Herbie ruft, Helma soll mal den Stecker ins Netz stecken, schreite ich ein und über den Zaun. „Was willst du denn hier", giftet Helma, „ich denke, du hast keine Ahnung"? „Stimmt", sage ich, „aber ich kann nicht zusehen, wie hier ein Amateur-Clown sich an einem elektrischen Gerät vergreift, mit dem man schon mal Finger und ganze Arme abtrennen kann". Drei Menschen, drei Meinungen, die auf einen erträglichen Nenner kommen sollen. Ein mühsames Unterfangen. Kurt hat dieses lautstarke lamentieren mitbekommen und rettet die Situation. Schnorrer-Herbie bekommt ein Bier bei Nateken spendiert. Den Häcksler wird sich der Martin ansehen, er ist Elektriker und hat die Lizenz für alles, was mit Strom zu tun hat.

Plauderei aus Kindertagen

Robert kennt die Kleingartenanlage und kommt um 16.00 Uhr auf die Parzelle von Kurt. Wir Drei verstehen uns auf

Anhieb. Die Chemie stimmt und schon albern wir um die Wette. Ich kann es nicht glauben, dass Helma die Helma ist, die ich bisher kennen gelernt hatte. Der Wein löst unsere Zungen und Helma plaudert drauf los. „Ein Freitag der 13. wurde mein schwarzer Freitag und sollte mein Leben nachhaltig prägen. Mein Hamster Hans lag brutal verendet im Hamsterrad. Er bekam eine, mit allem Brimborium und Folklore vom Kassettenrecorder würdige Beerdigung neben dem Geräteschuppen im Garten. Am Nachmittag gab es eine Peep-Show vom feinsten. Wir waren fünf Kleingaffer, alle um die zehn Jahre alt und standen am Zaun zum Nachbargarten. Wir beobachteten zwei wollüstige Kater beim Gruppensex mit der Katze von Frau Mölders. Am Sonntag wurde Frau Mölders zur Mörderin, ich war der einzige Zeuge dieser Meucheltat. Die am Vortag zweifach geschwängerte Katze spielte gelangweilt mit einer Maus Fußball. Ein unwürdiges Spiel, der Maus fehlte schon ein Bein. Frau Mölders wurde zur Scharfrichterin, eine dicke Latte in ihren Händen sauste mit brachialer Wucht zum tödlichen Schlag hernieder. Zum falschen Zeitpunkt am falschen Ort. Nicht die Maus, sondern die Katze erlitt Genickbruch im

Sekundentod. Die dreibeinige Maus robbte ins Gebüsch, auf Nimmer-Wiedersehen. Ohne mein Zutun wurde ich größer und älter, Frau Mölders dagegen schrumpfte beachtlich. Analog wurde sie mir immer sympathischer. Ihr kleiner Kopf war mit hochprozentiger Weisheit bestückt. Sie rezitierte Rilke, Hölderlin und Brecht, wusste vom Leben alles. Mit 15 Jahren lernte ich einen Jungen kennen. Eine flüchtige Berührung, mehr war nicht erlaubt. Meine beste Freundin war nicht so sensibel und machte sich an meinen Freund heran. Ich hab's gesehen, verlor den Verstand und meine Freundin. Frau Mölders wurde zum Herzschmerzbriefkasten, sie hatte Trost und Lebensweisheit mit Niveau. Ein Feingeist anspruchsvoller Literatur. Ich las „Hinter blauen Flüssen" von Tolstoi und aus den leidenschaftlichen Seelenbildern von Dostojewskij, Hölderlins verklärte Liebesgedichte An einem Freitag den 13. wollte sie nicht mehr aus dem Bett, verweigerte ihr Frühstück. In der Nacht, ganz still, hat sie sich auf die letzte Reise begeben".

Robert köpft die zweite Flasche Wein und das Grillfleisch wird ratz-fatz verspeist. Der Wein mundet und die zweite Flasche ist schnell ausgetrunken. In Kurt's Laube gehen wir auf Safari nach weiteren edlen Tropfen. Wir werden fündig und stellen fest, auch ohne Kurt können wir es richtig krachen lassen. Robert und Helma schauen sich jetzt immer tiefer in die Augen. Ich probiere es auch und stelle verwundert fest, dass Helma verdammt schöne Augen hat. Eine ‚Ménage`a trois` alkoholisierter Freigeister in einer Schrebergartenidylle. Wir singen zu dritt die ‚Marseillaise', weil Robert sie so schön findet und als Einziger den Text kennt. Er hatte zehn Jahre in Nantes gelebt. Seine Freundin hatte am Stadtrand einen kleinen Garten mit einer ebensolchen Laube, erzählt er mit wehmütigen Blick. „Wir hatten heimlich Cannabis angebaut, nur zum Eigenbedarf. Es war eine verdammt schöne Zeit", sagt Robert. Als seine ‚Lilon' nicht locker ließ und sagte, >entweder du heiratest mich oder du gehst<, ist er gegangen. Wir singen erneut die ‚Marseillaise', bis ein Gartennachbar am Tor steht und droht, die Polizei zu rufen, wenn nicht endlich Ruhe ist. Wir beugen uns der ‚Gewalt' und suchen uns ein Plätzchen zum Schlafen.

Es ist müßig zu beschreiben, wie wir uns fühlen, als wir aufwachen. Den Sonntag benutzen wir zur Rekreation.

Helma meint, ein Zaubermittel zu kennen und bestückt einen Mixer mit allerlei obskuren Zutaten. Robert und ich würgen das wilde Gebräu hinunter und wir bereiten uns auf das Sterben vor. Wir überleben es und am Abend köpfen wir wieder eine Flasche „Toskana Rosso „Trasolo" aus Kurt´s Weinvorrat.

Robert fährt am Montag mit dem ICE nach München zurück. Ich melde mich in meiner Firma krank und Helma lässt sich in einem Beauty-Salon wieder aufbauen.

Kurt ist eine Woche lang beleidigt, weil wir seinen Weinvorrat so brutal reduziert haben. Dann ist alles wieder beim alten. Unser feuchtfröhlicher ‚Feierabend' mit Helma und Robert hat Spuren hinterlassen. Wohl keiner von uns hätte je vermutet, dass die >Anderen< so nett sein können. Ein spontanes Wiedersehen führt uns mit Robert und Kurt in Helma´s Garten zusammen. Vom nahen Park ruft ein Kuckuck und sofort fallen uns ‚Kuckucksgeschichten' ein. Helma führt uns zurück in ihre Kinderjahre. „Als ich zehn Jahre alt war und meine Nase wieder einmal tief in Sachen steckte, die mich nichts angingen, stach ich in ein Wespennest. Ein Zeitungsartikel berichtete über die sogenannten Kuckuckskinder.

Schätzungen zufolge sind in Deutschland etwa fünf bis zehn Prozent aller Kinder sogenannte Kuckuckskinder. Ich befragte meine Mutter, was sie davon hielt. Eine kurze, schroffe Antwort und der Hinweis, >ich soll mich lieber um meine Schularbeiten kümmern<, das war alles. Vater brummelte ein schnurriges, >dafür bist du noch zu jung< und ließ mich stehen. Zuerst hatte ich lange und still nachgedacht, dann gezielt den scharfen Blick geübt. Das brachte auch nicht viel, ein Plan musste her. Ich legte über jedes Familienmitglied eine Akte an. Analytische Vorgehensweise war angesagt. Daten sammeln, Vergleiche ziehen. Alte Fotoalben wurden gesichtet, Oma ausgefragt, meine Grundschullehrerin gezielt nach der Vererbungslehre befragt. An einem schwülen Mittwochnachmittag, hatte ich die erste heiße Spur. Meine Mutter war als Kind Linkshänder, sie wurde zwangsweise zum Rechtshänder umprogrammiert, erzählte meine Oma. Meine kleine Schwester tendierte ebenfalls nach links. Vater ich sind eindeutige Rechtshänder. Akribische Beobachtung meiner dreijährigen Schwester auf weitere Abweichungen. So intensiv im Fokus meiner Recherchen, machte ich mich bei allen Familienmitgliedern zum auffälligen Kasper. Meine kleine Schwester rannte eines Tages heulend aus dem Zimmer, nur weil ich durch Schreibtest feststellen wollte, nach welcher Seite sie tendierte. Nach einer Woche kam ich zu dem Ergebnis, ich bin ein ‚Kuckuckskind'. Meine Mutter ist eine umprogrammierte Linkshand, meine kleine Schwester tendiert auch nach links, Vater absolut rechts, so wie ich. Ergo, ich habe eine falsche Mutter. Vielleicht wusste sie es gar nicht, sollte ich es ihr sagen, wie verkraftet sie es? Tausend Fragen tauchten auf. Zerstöre ich unsere Familie? Ich habe es nie ausgesprochen und irgendwann auch vergessen. Aber immer, wenn ich einen Kuckuck rufen höre, werde ich daran erinnert".

Das Sommerfest

Die Vorbereitungen für das Sommerfest liefen an. Marlies, die kleine Feiermaus, soll es nun wieder richten. Von Jahr zu Jahr wird es schlimmer. Feiern wollen sie alle, nur beim Helfen drücken sie sich weg. Kurt wird seinem Titel ‚König der Gartenzwerge' gerecht und sieht das gelassen. Letztendlich hat immer eine kleine Truppe von aufrechten Gartenfreunden ein Fest organisiert. Vor einigen Jahren gab es einen absoluten Tiefgang, was die Bereitschaft der Gartenfreunde zur Mitarbeit betraf. Eine Live-Kapelle war schon gebucht, doch keiner wollte sich um die Bewirtung der Gäste kümmern oder beim Aufbau der Zelte und Tische helfen. Nateken konnte mit ihrer kleinen Küche im Vereinshaus keine größeren Veranstaltungen bedienen. Die Band war gebucht und musste bezahlt werden, egal ob es ein Fest gab oder nicht. Kurzerhand bestellte Kurt ein Catering-Unternehmen, welches Gegrilltes und belegte Brötchen im Angebot hatte. Das Bier wurde rechtzeitig geordert, daran sollte es nicht scheitern. Das Wetter meinte es gut an diesem Sommerfest-Tag auf der ‚Goldähren'-Festwiese. Zwei Gartenfreunde hatten eine drei Meter lange Girlande über ihre Gartentore gehängt. Das war alles, was es an sogenanntem Festschmuck gab. Nateken hatte aus ihrem Fundus eine hundert Meter lange Fähnchen-Leine kreuz und quer über die Wiese und Tanzfläche gespannt. Am Rand der Festwiese stand nun dieser Camping-Verkaufswagen mit teuren Fischbrötchen und gegrillter Bratwurst. Ein hässliches Bild. Nicht nur Kurt schämte sich. Er wünschte sich auf der Stelle einen heftigen Platzregen, der dieses brutale Ambiente beseitigte. Der Platzregen kam nicht, dafür trudelten einige Spaziergänger ein. Die Älteren rieben sich verdutzt die Augen, so feiern heutzutage die ‚Laubenpieper' ihre Sommerfeste? Einige Familien mit Kindern machten sich auch enttäuscht davon. Der Schnorrer-Herbie hatte sich sein Clownskostüm übergestülpt und saß beschäftigungslos am Tresen. Spätestens in einer Stunde würde er wieder vom Hocker fallen. Gegen achtzehn Uhr begann die Live-Band zu spielen. Von den einhundertfünfzig ‚Goldähren'-Gartenfreunden hatten sich mittlerweile etwa dreißig Personen eingefunden.

Das ist Schnee von gestern, heute soll es anders werden. Punkt fünfzehn Uhr eröffnet Kurt mit markiger Stimme das Sommer- und Kinderfest der Kolonie ‚Goldähre'. Drei Vorstände der Nachbarkolonien werden als Ehrengäste begrüßt. Die Band spielt sich warm und der Wettergott lässt es nicht regnen, vorerst. Ich darf mit am Vorstandstisch sitzen und irgendwie hat sich Helma dazu gemogelt. Der Festausschuss unter der Regie von Marlies hat ein kleines Unterhaltungsprogramm auf die Beine gestellt. Es wird gegrillt und alle sind in bester Feierlaune. Der Schnorrer-Herbie hat sich wieder in sein

Clownskostüm gezwängt und wuselt halbtrunken mit den Kids über die Festwiese. Kurt schaut nervös auf seine Armbanduhr, dann wird er erlöst. Klein-Martha kommt aufgeregt auf die Festwiese gerannt und schreit, „ein Kamel, ein Kamel"! Helma prustet gleich lauthals „e i n Kamel? Ich sehe viele Kamele hier"! Alle Hälse drehen sich in Richtung Seitenweg, wo ein Kamel herkommen soll. Die Band hat nichts mitbekommen und die Frontfrau gibt vollen Einsatz und trällert Helenes ‚Atemlos' ins Mikrofon. Ein Aufschrei schallt über die Festwiese, Martha hüpft aufgeregt wie auf ihrem Garten-Trampolin in die Höhe. Tatsächlich kommt ein großes Höckertier um die Ecke. Am Schwanz des Tieres zieht ein kleines Männlein und lotst damit das große Tier in die richtige Spur. „Das Kamel ist kein Kamel" tönt Helma in ihrer altbekannten Art. „Das ist ein Dromedar! Kamele haben zwei Höcker, ich sehe nur einen Höcker! Es gehört zur Familie der Trampeltiere und da ist es ja hier auch nicht allein" giftet sie weiter. Das Dromedar mit seinem Schwanz-Navigator hat die Mitte der Festwiese erreicht. Da kommt die nächste Aufregung. Ein übereifriger Anrainer hat die Polizei gerufen und von einem entlaufenen Kamel gesprochen, was in Richtung Kleingärten trabt. Die uniformierten Gesetzeshüter lamentieren mit dem kleinen Kameltreiber, sorry, Dromedar-Treiber. Kurt kann alles relativ schnell aufklären. Am Stadtpark gastiert ab morgen ein kleiner Familienzirkus. Kurt hat mit dem Direktor diesen Auftritt des Höckertieres abgesprochen. Eigenwerbung für den Zirkus und von Kurt ein kleiner Obolus für das Futter. Alle Ungeklärtheiten lösen sich entspannt auf und wenige Minuten später sitzt Klein-Martha stolz auf dem Dromedar und dreht die erste Runde auf der Festwiese. Clown Herbie ist abgemeldet und erholt sich wieder am Tresen im Vereinshaus mit einem Bier. Nach einer Stunde hat das ‚Kamel' keine Lust mehr und verweigert das Rundendrehen. Die Band spielt ‚Die Karawane zieht weiter', das ‚Kamel' hat seine Arbeit getan. Clown Herbie trommelt schnell alle Kids zusammen und mit lustigem Hallo begleiten die Kids ihr ‚Kamel' aus der Kolonie. „Früher", mäkelt Helma, „wurde der traditionelle Umzug von einer Kapelle angeführt und die Kinder konnten auf einem Pony reiten. Heute müssen es Trampeltiere sein"!

Laut Lärmschutzverordnung ist nach zweiundzwanzig Uhr jeglicher Lärm untersagt. Für ein ‚Laubenpieperfest' die Höchststrafe und ein absoluter Stimmungskiller. Kurz nach zweiundzwanzig Uhr steht die Polizei auf der Matte. Ein Begrüßungsbier oder eine Bratwurst lehnen sie kategorisch ab. Wenn sie wiederkommen müssen, nehmen sie die gesamte Technik mit und es gibt ein saftiges Bußgeld. Die Band reduziert den Ausgangsschallpegel ein wenig. Anrainer fühlen sich weiterhin belästigt und spielen Spaßverderber. Die Polizei steht wieder auf der Matte. Jetzt wird es ernst. Sie kommen vom Revier um die Ecke, man kennt sich. Der rettende Engel heißt Irene, sie kennt viele Kollegen ihres Mannes vom Revier und verspricht, die wilde Meute zu bändigen. Der eigentliche Feind ist jetzt der Alkohol. Die Band hat ihr Zeitlimit abgeleistet und packt die Koffer. Der harte Kern will jetzt im Vereinshaus weiterfeiern. Clown Herbie ist derweil am Tresen in voller Clownsmontur eingenickt. Helma hatte sich schon am frühen Abend verabschiedet, gleich nach dem Laternenumzug der Kids durch die Kolonie. Das war mein erstes neuzeitliches Sommerfest in einer Kleingartenanlage.

Feng Shui im Garten

Ich schaue wieder im Garten von Opa Kramer nach dem Rechten. Wölfi, der Prosecco-Frauen-Betreuer, hat Besuch und winkt mich an den Gartenzaun. „Ich möchte dir Freia vorstellen, sie kennt sich hervorragend mit Feng Shui aus". Feng Shui, die verborgene Ordnung des Lebens. Ehe ich mich versehe, bin ich in Wölfi´s Garten und lausche Freia. „Der Garten gilt im Feng Shui als ein besonderer Ort, ein eigenständiger Bereich. In der Gartengestaltung sollten die Prinzipien des Feng Shui beachtet werden. Das oberste Gebot bei der Gartengestaltung lautet: der freie Fluss des Chi darf nicht behindert werden". Freia geht durch Wölfi´s Garten. Hier, diese geometrische Anordnung der Rasenfläche und der anschließenden Beete verhindern harmonische Schwingungen. Fast alle Gärten neigen zum Rechtwinkligen. Nach Feng Shui sind runde, geschwungene Anordnungen für ein ungestörtes fließen der Chi-Energie Voraussetzung. Bäume sollten nicht zu dicht am Haus stehen. Ein kleiner Teich. Ein stehendes oder stilles Wasser saugt ein schlechtes Chi auf. Das ist schlecht für den ganzen Garten. Fließendes Wasser ist ein wichtiger Energieträger. In einer Ecke entdeckt Freia eine kleine Pflanze. „Na hallo, da ist ja eine ‚Jiaogulan'-Pflanze! Hast du die über das Internet erworben"? Wölfi nickt. Freia schüttelt den Kopf. „Fast das gesamte Jiaogulan, was im Handel angeboten wird, kommt aus chinesischen Gewächshäusern und ist mit Pestiziden und Wachstumshormonen besprüht". Es wird viel Unsinn über diese Teepflanze und Salatpflanze verbreitet. Angeblich werden in der chinesischen Provinz Guizou überdurchschnittlich viele Menschen über hundert Jahre alt. Das soll am regelmäßigen Genuss des ‚Jiaogulan' Tees liegen. Die frischen Blätter sollen auch als Salat die gleiche Wirkung erzielen. Wölfi hat bisher die Blätter nicht für Tee, geschweige denn für den Salat verwendet. Er gibt ehrlich zu, dass er schon gar nicht mehr wusste, was das für eine Pflanze sei.

An mich gewandt: „Möchtest du, dass ich mir auch deinen Garten mal anschaue"? Ich verweise auf die Tatsache, dass ich nur vorübergehend zwei Gärten für kurze Zeit betreue. Wölfi öffnet eine Flasche ‚La Rioja Alta von 2005', da kann ich nicht Nein sagen und bleibe noch ein Weilchen. Freia´s Ausführungen über die verborgene Ordnung im

Leben, nach Feng Shui, füllt total das Abendgespräch. Der Wein ist hervorragend, Freia's Stimme klingt sanft und wohltuend. Bevor ich gehe, gibt sie mir noch eine kleine Broschüre in die Hand. Sie gibt Kurse und macht Hausbesuche. Ich soll nicht vergessen, wenn ich den Garten umgestalten will, hilft sie mir gern.

Das Deutsch-Amerikanische Volksfest

Ein Sonntag zum Relaxen, dieses Mal nicht im Pflegegarten. Mit dem Fahrrad bin ich zum Tempelhofer Feld unterwegs. Vorbei an den kleinen Gartenparzellen, die eine Ewigkeit schon lange hier am Bahndamm kleben. Mein Nachbar aus dem Mietshaus hatte hier vor vielen Jahren einen Kleingarten bewirtschaftet. Ich hatte ihn oft besucht. Aus gesundheitlichen Gründen musste er den Garten aufgeben. Weiter geht es über die Start- und Landebahn. Ich halte inne, liege im Gras und gehe auf Zeitreise. Das ‚Deutsch-Amerikanische Volksfest' war einst das Highlight für uns West-Berliner. Die, die dabei gewesen waren, wissen was ich meine. Einmal im Jahr das „Deutsch-Amerikanische" Volksfest auf dem Flugplatz Tempelhof. Ein Muss, gerne, selbstverständlich. Ein stilles, tausendfaches, heimliches Dankeschön an die Retter. ‚Shake Hand' mit kaffeebraunen, 'Hamburger-Bruzzlern', mit und ohne fesches ‚Käppi'. Die dralle ‚Mam' aus Minnesota', dem Texaner zwischen den Rauchschwaden am Grill, mit seinem knackigen Body, Thanks! American-Ice gleich aus dem Pappkarton, bis der Magen rebellierte oder es in Kühltaschen gestopft wurde. Von den ‚Butterfingers' träume ich noch heute. Lachen, Fröhlichkeit, das Virus der sich über das Menschenheer auf den Rollbahnen und am Hangar verbreitete. Am nächsten Tag starteten und landeten hier wieder die Flieger, so als wäre nichts gewesen. Doch alle, die dabei waren, wussten, nächstes Jahr werden wir wieder dabei sein. Das war ein Stück Berlin. Die Rollbahn wurde zum ‚Meeting-Place'. Es saß ganz tief drinnen, in meinem Herzen. Die Berlin-Blockade, die Luftbrücke der Alliierten. Mit fünf Jahren die ersten Trockenkartoffeln ‚Pommes Frites' gegessen. Care-Pakete mit Trockenmilch und Pumpernickel machten es möglich, es reichte zum Überleben in einer Wahnsinnszeit. Das hatte Spuren hinterlassen. Jahre später mit dem Kind an diesem Tag über die Rollbahn spaziert, staunend in Flugzeuge geklettert. Mit hundert Vätern um die Wette gerannt, um einen Fuchsschwanz, der von einem Helikopter abgeworfen wurde zu ergattern. Die Flugzeuge gehörten zu Berlin, zum urbanen Leben, sie waren der Garant für unsere Freiheit. Vor dreißig Jahren, beim Kaffeetrinken im Kleingarten, dröhnten vom nahen Flugplatz die Flugzeuge. Ihre Motoren waren so laut, das wir uns oft die Ohren zuhielten. Keiner von uns ‚Trockenmilch-Kindern' beschwerte sich über den Lärm. Dann wurden die Maschinen immer leiser und so mancher konnte sich jetzt einen Flug leisten. Eine Symbiose, gewachsen aus der Geschichte. Alles hat seine Zeit, die Mauer fiel und ein neues Denken zieht in die Köpfe. Die Entscheidung für Tempelhof war gefallen, es gab kein Zurück. Das letzte Take-off lag Jahre zurück. Es stimmt mich irgendwie traurig, wir ‚Trockenmilchkinder' sterben aus, unser persönliches Take-off, alles hat seine Zeit. Take care!

Opa Hannes und der Blauschimmel-Käse
Unser Grantler-Opa Hannes sitzt nach der Operation im Rollstuhl, und so wie es aussieht, wird er nicht mehr laufen können. Das bedeutet, er muss seinen Kleingarten

aufgeben. Er weiß das und möchte von seinem Garten Abschied nehmen. Nun sitzen Kurt und ich in seinem Garten neben Hannes. Der Betreuer hat Kuchen und Kaffee mitgebracht. Nach dem Kaffeetrinken zaubert Hannes eine Flasche Eierlikör aus seiner Jacke. Das löst seine Zunge und Hannes wirkt entspannt. „Der Abschied von meinem Garten fällt mir sehr schwer", sagt Hannes. „Ich hatte eine schöne Zeit hier in meinem Garten. Mein kleines Paradies werde ich vermissen. Was ich nie vergessen werde und was mein Leben so nachhaltig prägte, waren meine Ferienerlebnisse bei meinem Onkel in der Laubenkolonie am Stadtrand von Berlin. Ich hatte drei Tage vor den großen Ferien Geburtstag, wurde 12 Jahre alt und hatte einen Wunsch frei. Nur raus aus der Stadt und dem miefigen Elternhaus. Ich durfte die großen Ferien bei ihm im Kleingarten verbringen. Karli, ein kleiner halbverblödeter Junge aus der Nachbarkolonie, zeigte mir schnell die wahren Wunder der Natur. Wie man Frösche aufbläst, oder Katzen mit einer Blechbüchse am Schwanz Amok laufen lässt. Oder wie man Blutegel aus dem nahen Tümpel der zweijährigen Lena von nebenan auf den Rücken positionierte. Ich war ein aufmerksamer, gelehriger Schüler. Am meisten imponierte mir die Mäuse-Show. Karli, dieser animalische ‚Moppel' präparierte drei Mausefallen mit Käsehäppchen seiner Wahl. Die Tötungsapparate waren zuverlässig und hundertfach erprobt sowie einfach in der Bedienung. Sie brachten blitzschnell den Sekundentod. An manchen klebte noch das Blut der Delinquenten aus vergangenen Tagen. Im Schuppen hinter dem Haus gab es eine wahre Mäusehochburg, hier legten wir uns auf die Lauer. Schnell stellte sich heraus, die Mäuse schnupperten zuerst immer an einer bestimmten Käsesorte. Der Blauschimmel- Käse war der absolute Renner. Keine Maus kam in den wahren Käsegenuss, der Exitus kam blitzschnell ohne Vorwarnung. Mit ihren offenen, schwarzen Knopfaugen starrten sie auf den vor ihnen liegenden, kleinen Käsewürfel, der ihnen den Tod brachte. Mir läuft noch heute ein eisiger Schauer über den Rücken, wenn ich daran denke, wie ich die kleinen warmen Maus-Leichname aus der Falle entfernen musste. Der ‚Moppel' stand breitbeinig da und grinste nur. Drei Mäuse weiter schauderte es schon nicht mehr so stark. Ich war derart beeindruckt, das ich eine richtige ‚Käsemanie' bekam. Ich schrammte zu

Hause haarscharf an therapeutischer Nacharbeit vorbei, bekam aber alles selbst in den Griff. Von da an las ich alles, was es über Käse zu berichten gab. Das war die Geburtsstunde eines neuen Käse-Experten. Das alles ging an meinen Eltern unbemerkt vorbei. Mit dreißig Jahren hatte ich meine erste große Liebe zu mir nach Hause eingeladen. Für meine Britta wollte ich etwas ganz Besonderes kreieren. Der Termin war günstig, mein Roh-Käse war reif für die Spritze. Ich nahm den total verschimmelten Brotlaib aus dem Spezialbehälter. Das übliche Prozedere, mahlen, verflüssigen und mit einer groben Spritze in den unreifen Käse einbringen. Das alles hatte ich schon hundert Mal so praktiziert. Ich holte die Käseglocke, setzte mich an den Küchentisch und schaute mit leuchtenden Augen auf meine Kostbarkeiten und dann ganz tief in Brittas Augen. Wir hatten die Wahl zwischen einem Hartkäse aus silofreier Rohmilch, oder einem Schweizer Rohmilchkäse der ausgesprochen ‚nussig' und von fester Konsistenz war. Ich schilderte ausführlich die Besonderheiten dieser Käsesorten. Nur wirkliche Könner beherrschen den giftigen Brotschimmelpilz. Ich sei Einer von ihnen. Diese Bemerkung konnte ich mir nicht verkneifen. Dafür zaubert Britta wieder ihr zauberhaftes Dauerlächeln in ihr total überschminktes Gesicht. Britta entschied sich für meinen eigenen Blauschimmelkäse. Ich nahm den Schweizer Rohmilchkäse. Der Käse rollte wie ein edler Tropfen mehrfach über unsere Zungen und löste die kleinen Partikel aus dem Käse. Ich war darin so versunken, dass ich nicht bemerkte, wie Britta plötzlich anfing zu würgen. Und dann macht es >rums< und ihr Kopf schlug hart auf den Tisch auf. Seitdem habe ich Käse und Frauen nicht mehr angerührt".

Hannes kitzelt den letzten Tropfen Eierlikör aus der Flasche, dreht mit dem Betreuer noch eine Ehrenrunde in seinem Garten und ruft im hinausfahren: „Seht zu, das der Garten in richtige Hände kommt, ihr Schlawiner." „Wie geht das mit der Neuvergabe des Gartens", frage ich Kurt. „Die Parzelle 22 wird am Samstag neu vergeben. Wenn du willst, kannst du dir das mal ansehen. Der Bezirksverband hat eine Warteliste und aus dieser Liste schickt er uns bis zu zehn Bewerber".

Von den zehn angeschriebenen Bewerbern sind am Samstag nur fünf Parteien erschienen. Im Vereinshaus gibt Kurt eine Einführung in das Prozedere und die Regularien der Vergabe. Erzählt etwas über das Vereinsleben und dass sich jeder Unterpächter bitte an die Vorgaben im Unterpachtvertrag halten muss. Nennt wichtige Punkte aus dem Kleingartengesetz und der Satzung des Vereins. Bei Vertragsabschluss erhält jeder entsprechende Unterlagen zum Nachlesen. Dann marschiert die Gruppe zur Parzelle 22. Sie und die kleine Laube werden in Augenschein genommen. Eine Bewerberfamilie mit einem Kleinkind verabschiedet sich ziemlich schnell mit den Worten: >Keine Dusche im Haus, kein Schlafboden und die Laube ist viel zu klein<. Kurt erinnert daran, dass die Laube nicht größer als 24 qm sein darf. Verschiedene Auflagen wie Geräteschuppen entfernen und Hecke herunterschneiden müssen noch erledigt werden. Für die kleingärtnerische Nutzung des Gartens und der Gartenpflege gibt es Informations-Broschüren. Als neutraler Beobachter höre ich Gespräche wie, >hier wird alles Rasen, dort kommt das Trampolin hin, den Swimmingpool stellen wir da hinten auf<. Ein Mann ist hellauf begeistert von dem Garten und freut sich schon auf das Grillen. Über den Gartenzaun lädt er gleich die Nachbarin zum Grillen heute Abend ein. Die

Besichtigungstour ist zu Ende. Zwei Bewerberpaare zeigen Interesse und Kurt teilt mit, der Vorstand wird über die Vergabe entscheiden und meldet sich bei den Bewerbern.

Deislers Fußball-Hose

Am nächsten Tag, auf dem Weg zu Wölfi´s Garten, treffe ich Rosi. Eine ausgesprochen sympathische ‚Goldregen'- Landfrau. Wir tauschen die neuesten Buschtrommel-Nachrichten aus. Dann hat sie eine Bitte. Da ich ja kein echtes ‚Goldähren'-Mitglied bin, wäre ich ja in gewisser Weise eine ‚neutrale' Person. Sie hat Probleme mit ihrem Gartennachbarn, ob ich ihr helfen könnte? „Mein Nachbar hat ein derart schlechtes Benehmen, dass einem die Freude am eigenen Garten vergeht. Er flucht ständig lautstark vor sich hin, hat immer eine Kippe zwischen den Lippen und läuft fast nur in ganz schrecklichen Unterhosen herum. Und dass in seinem Alter, durchaus kein schöner Anblick. Wenn am Wochenende meine Tochter den fünfjährigen Enkel bringt, gehe ich meistens auf den Spielplatz am Park oder wir treiben uns irgendwo herum"! „Kann denn ihr Mann da nicht mal ein Machtwort sprechen", frage ich? „Hat er ja versucht, da haben sie drei Wochen lang nicht mehr miteinander geredet und die gemeinsamen Skatrunden fielen auch ins Wasser" „Haben Sie den Vorstand angesprochen"? "Ja, der Kurt hat kräftig Tacheles geredet. Dann war es kurzfristig besser. Das hielt aber nicht lange an. Er behauptete sogar, das sei alles erfunden und sagt, wo steht geschrieben, dass er nicht in Unterhosen seine Gartenarbeit verrichten darf" Ich verspreche Rosi, dass ich mit Kurt darüber sprechen werde, vielleicht gibt es doch eine Lösung.

Kurt hat eine Lösung, eine Teillösung zumindest. Heinz dieser fluchende Unterhosen-Gärtner ist ein glühender ‚Hertha'-Fußballfan. „Ein Freund von mir ist ein Trainer bei Hertha BSC. Ich habe ihm von unserem Problem-Heinz erzählt und der hat eine tolle Lösung gefunden. Er hat mir eine Spielerhose mitgegeben. Wir sollen Heinz sagen, diese Hose hat einst Sebastian Deisler getragen. Da flippt der Problem-Heinz bestimmt vor Freude aus". Zwei Tage später schleiche ich mich an die Parzelle von Problem-Heinz. Tatsächlich, der ‚Goldregen'-Kleingärtner trägt eine ‚Hertha'-Spielerhose mit der

Spielernummer 26. Kurt will auch ein Trikot besorgen, damit das ewige Fluchen aufhört.

Sodom und Gomorrha

Kurt muss einen Nachbarschaftsstreit schlichten. Sonja, eine junge attraktive ‚Eva' kümmert sich als Urlaubsvertretung um die Parzelle 14 von ihrer Freundin Anke. Sie hat Anke versprochen, die Pflanzen zu gießen und will auch den Rasenschnitt nicht vergessen. Das herrliche Sommerwetter genießt Sonja und räkelt sich ‚oben ohne' auf einer Liege im Garten. Nahtlose Bräune für eine junge Frau, ein Muss in dieser Zeit. Das Ehepaar von der Parzelle 12 fühlt sich provoziert, so etwas Freizügiges hier in der Kleingartenanlage möchten sie nicht haben. Kurt soll eingreifen und diesem ‚Sodom und Gomorrha' Einhalt gebieten. Mit Einzelgesprächen versucht Kurt die erhitzten Gemüter zu beruhigen. Seine Deeskalationsbemühungen bringen keine Lösung. Im Gegenteil, die Fronten verhärten sich, da Sonja nun auch noch Dessous auf die Wäscheleine platziert. In der Koloniegemeinschaft arbeitet die Buschtrommel wieder einmal sehr schnell. Viele männliche Gartenfreunde ändern spontan ihre Laufwege und nehmen auch gern einen Umweg in Kauf. Auf der Parzelle 12 herrscht reger Besucher-Verkehr von Anhängern und Verwandten des ‚ehrverletzten Kleingärtner-Paares'. Ein Hoch mit dem Namen ‚Elvira' beglückt unbeirrt alle Sonnenanbeter weiter mit blauem Himmel und hohen Temperaturen. Sonja mit ihrem makellosen braunen Traum-Body ist glücklich. Kurt spielt auf Zeit, das Sonnenhoch ‚Elvira' schwächelt bereits. Für das obskure Objekt der Begierde Sonja ist in einer Woche die ‚Gartenpflegezeit' abgelaufen und dann kehrt wieder Ruhe ein, so spekuliert Kurt. Das wahre Leben ist nicht immer fair, das Hoch ‚Elvira' wird nahtlos von einem kräftigen Hoch ‚Frida' abgelöst und Anke hat spontan ihren Urlaub verlängert. Sonja nimmt ebenfalls noch ein paar Tage Urlaub und genießt das herrliche Wetter. Das prüde Kleingärtnerpaar droht mit amtlicher Instanz, was auch immer damit gemeint ist und erhöht die Eskalationsstufe. In der >Yellow-Press< erscheint ein provokant aufgebauschter Artikel mit einem Beweis-Foto mit Sonja auf einer Liege. Im Gras daneben liegt eine Sektflasche. Im Duktus der >Yellow-Press<

lautet die Überschrift: ‚Wieviel Nacktheit ist in Kleingartenanlagen erlaubt'? Die ‚Presselandschaft' dümpelt gerade im Sommerloch der Trostlosigkeit und schießt sich nun auf dieses Thema ein. Kurt hat eine Idee. Auf der Gemeinschaftsparzelle lümmeln zwei Lamellen-Stellwände vor sich hin. Mit zwei Gartenfreunden stellt er diese als Sichtblende zwischen die Parzellen. Kein ‚Hochwasser in Sicht', kein ‚Loch Ness- Ungeheuer' wird gesichtet. Die selbsternannten Moralapostel und Sittenwächter aus allen Lagern posten nun das Internet zu. Gefällt mir, gefällt mir nicht. Klicks füttern die Rankingliste. Ein niveauloses Kopf-an-Kopf-Rennen mit Echtzeit-Beiträgen ist die Folge. Die Erlösung naht in Form einer globalen Eilmeldung. Ein Tsunami auf der anderen Seite der Erdkugel hat unendlich viel Leid und Zerstörung angerichtet. Das Hoch ‚Frida' will nun auch nicht mehr und verabschiedet sich überraschenderweise mit einem heftigen Gewitter. Fette Regenwolken bestimmen das Wetter für die nächsten Tage, so verkünden es die Wetterforscher aus Potsdam. Eine braungebrannte Sonja erntet derweil Anerkennung im Büroalltag für ihr ‚Costa-Brava-Braun'. Anke kuriert ihre

Urlaubs-Blessuren aus. Kurt hat die Sichtwände abmontiert und die ehrverletzten Kleingärtner von der Parzelle 12 genießen wieder den moralisch ‚sauberen Blick' in Nachbars Garten. Im Internet wird jetzt vor der ‚Tigermücke' gewarnt. Die User posten sich wieder die Finger heiß.

Ein Mäusefreier Garten, wie geht das ?

Wenn sich Kleingärtner in der Kolonie begegnen, oder auf Kleingärtner treffen, die mitten im Plauschen sind, bleibt man stehen und mischt sich ungefragt in deren Klatsch ein. Nur so arbeitet die Buschtrommel am effektivsten. Vor einer Parzelle treffe ich auf zwei Gartenfreundinnen und platze, ohne zu wissen, worüber sie sich gerade unterhalten, in ihr Gespräch. Die neuesten Gerüchte sind schnell abgearbeitet. Frau Böller hat es plötzlich sehr eilig und ich bin jetzt allein mit dieser Gartenfreundin, die mir ausgesprochen unsympathisch ist. „Wussten Sie, dass mit der Frau Böller etwas nicht stimmt?" Ich habe keine Ahnung, worum es geht. „Jeder von uns hat Mäuse im Garten und oft auch im Haus. Nur bei Frau Böller gibt es keine Mäuse. Die kleinen Monster spazieren üblicherweise sogar am helllichten Tag durch die Botanik. In allen Gärten ist das so, nur bei ihr nicht! Sogar die Hunde urinieren nicht an ihre Hecke oder an ihr Gartentor. Das ist doch hochgradig seltsam, finden sie nicht auch? Ich habe schon mit unserem Vorstand gesprochen, doch die wimmeln mich immer ab. Hier streunt auch manchmal eine Katze durch unsere Gärten. Ich habe sogar beobachtet, wie diese Katze einen großen Bogen um den Böller-Garten macht." Ich flüchte mich in Ausreden, das ich noch nicht soweit bin, um alle Gesetzmäßigkeiten in dieser Kleingartenanlage zu durchschauen. Sie zieht ein Gesicht und wir beide haben plötzlich wichtige Termine, die wir nicht verpassen wollen.

Handgreiflichkeiten

Es ist kurz vor 13.00 Uhr. Ich verstaue den Rasenmäher und bereite mich auf die Mittagsruhe vor. Mein Handy meldet einen Anruf von Kurt. ‚ob ich etwas Zeit habe, wenn ja, soll ich bitte zur Parzelle 31 kommen, er braucht einen Zeugen'. Wir treffen uns vor der Parzelle. „Sieh dir das an, das sind mindestens 30 Säcke Zement dort im

Garten. Und dann diese Rasenkanten-Steine neben dem Betonmischer". Kurt fotografiert das Ganze mehrfach. Als ich gerade fragen will, was das hier zu bedeuten hat, kommt ein Riese im Blaumann um die Ecke. Kurt und dieser Kerl kriegen sich sofort in die Haare. Es wird laut, und dann plötzliche Stille. Kurt liegt am Boden und der ‚Blaumann-Riese' ist wie vom Erdboden verschluckt. Kurt rappelt sich auf, wischt sich das Blut aus dem Gesicht. Betreibt Dehnungsübungen, „scheint ja noch alles heil zu sein. Du bist mein Zeuge, gut, dass du mitgekommen bist. Das gibt eine satte Anzeige, der kann was erleben". Wir trotten zurück zur Parzelle von Kurt. Dabei erzählt er mir, worum es eigentlich geht. „Eine Frau Stenzel hat sich für die Parzelle 31 beworben. Die Verträge sind unterschrieben, doch das Geld ist noch nicht überwiesen worden. Gestern war die Frau Stenzel bei mir und sagte, ihr >Ex< hat noch Unterhaltszahlungen an sie zu leisten und will das mit Baumaterial begleichen. Diesen Deal habe ich abgelehnt. Er sollte heute kommen und das Baumaterial von der Parzelle entfernen. Wie das ausgegangen ist haben wir gerade erlebt". Kurts Auge nimmt Farbe an und sein Gesicht wird fülliger. Es ist

Mittagspause und ich nutze die Gelegenheit zum schwätzen. Ich erzähle von dem Gespräch über die Frau Böller und frage, wie es kommt, dass die Mäuse um den Garten von Frau Böller einen großen Bogen machen? Kurt schüttelt den Kopf, >alles nur Gerede<. Frau Böller hat jahrelang als OP-Schwester gearbeitet. Die Laube, der Garten, alles wird überpenibel clean gehalten. Außerdem mögen sich die Beiden nicht besonders. So ist das nun mal.

Der Frauen-Versteher

Der schattige Platz vor der ‚Kastanienklause' wird wieder einmal zum Treffpunkt mit einem ‚Laubenpieper'. Er passt so gar nicht in diese Welt und Zeit. Dieser Kopfverdreher, Frauen-Versteher, Filou mit Firlefanz in Herz und Blut. Lockiges Haar, lachende Augen und lächelnde Lippen. Charme und Charisma im Überfluss. So sitzt er mir gegenüber und genießt eine Weinschorle. „Ich habe mich immer so durch´s Leben gemogelt", sagt Hans in seiner selbstbewussten Ehrlichkeit. „Die Gnade der frühen Geburt schubste mich ohne Vorwarnung in den Vorruhestand. Was macht ein alleinstehender Rentenanwärter in der Warteschleife"? Dabei schaut er mich fragend an? „Zappen durch langweilige Fernseh-Programme, bis spät in die Nacht. Frühstücksfernsehen als monotonen Backgroundpartner und allein die Brötchen schmieren. Ich habe zwar meinen Kleingarten, doch Langeweile im Überfluss. Ich mochte die Frauen, keine Frage, so sehr, dass ich mich nicht entscheiden konnte. Ein Amüsement mit verheirateten Frauen versprach Prickeln ohne Versprechen. Verbotene Früchte lockten, wie Eva im Paradies. Der Zufall spielte sie mir zu, im Gedränge der U- Bahn, ein Stolpern auf der Rolltreppe. Ein Lächeln im rechten Augenblick, das war Adrenalin für meine Seele. Ich lächelte immer, auch wenn es stürmte und schneite, ich konnte nicht anders. Mein Lachen, ein Virus der besonderen Art, wie ein Springteufel aus der Wundertüte. Das war mein großes Geheimnis. Ich machte sie kirre und glücklich, bis sie mich nicht mehr hergeben wollten. Kein Käfigvogel singt so schön wie ein freier. Ich blieb ein freier Vogel. Mein Spiegelbild machte eines Tages Kassensturz, ich zog Bilanz. Geliebt, gelebt mit großem Herzen. Immer ein Geber, kein Nehmer. Manchmal ausgerutscht auf glattem Parkett, die Blessuren waren das Lehrgeld dieses Lebens. Zufall, oder war es

Bestimmung. Vor zwei Jahren, auf dem Weg zum Garten sah ich eine Menschenmenge, die in Gaffer-Manier die Hälse gen Himmel reckte. Behelmte Männer kurbelten eine Leiter hoch, spannten ein Netz. Ich sah eine Frau auf dem Dach eines vierstöckigen Mietshauses. Die Frau forderte lautstark Distanz, drohte zu springen. Ich wusste nicht, was mich trieb, ich drängelte mich durch und ganz nach vorn. Eine Lüge verschaffte mir Platz. ‚Ich kenne diese Frau', rief ich und stürmte nach oben!. Ganz oben wurde mir erneut der Weg versperrt, es kam zum Eklat. ‚Hier geht es um Menschenleben, um zwei, die junge Frau ist schwanger', tönte es aus uniformierten Mund! Es dauert ein wenig, aber dann saß ich auf der Dachkante, drei Meter entfernt von der Frau. Nun baumelten vier Beine in´s Leere. Ich sprach leise, war mir nicht sicher, ob sie mich verstand. Bedrängte sie nicht mit Worten oder Gestik. Erzählte aus meinem Leben, von der Liebe, der Hoffnung, meinen Träumen und Ängsten. Ich redete, redete und redete. Dann trafen sich unsere Blicke. Ich lächelte mein Lächeln, berührte ihre Seele. So wie ich es in meinem Leben immer tat. Sie ließ es zu, ich setzte mich zu ihr und hörte ihre Worte. Ich nahm ihre Hand und gab ihr ein Versprechen. Wir wollten runter vom Dach. Das Spektakel für die Zuschauer war zu Ende. Zögerlich, dann brauste ein Applaus aus der Menge von unten zu uns hinauf. Wie ein Dank an den Piloten für die sichere Landung. Drei Monate später eilte ich in die Klinik, sie hatte einen strammen Jungen zur Welt gebracht. Ich, dieser Amateur-Casanova, löste mein Versprechen ein. Brachte das Lachen in die Gesichter und die Herzen, Lebensfreude pur. Der Neue kleine Erdenbürger wird viel von mir lernen. Von der Liebe, den Frauen, und wie man mit dem Herzen lächelt. Ich habe mit dem Vater des kleinen Marius einen Buddelkasten in meinem Garten eingerichtet. Er will sich jetzt auch um seinen Sohn kümmern". Stolz zeigt mir Hans ein Foto von seinem ‚Schützling'. „Am Samstag wird gegrillt".

Alles Öko oder was?

Zwei Tage später, Kurt und ich sind auf dem Weg zu Leonhard. Sein Sohn hat Geburtstag, er wird 26 Jahre alt. Kurt hat mich gebeten, mit zu kommen. Leonhard hält seinen Garten vorbildlich in Schuss und baut viel an. Drei Hochbeete und ein üppiger Kräutergarten sind sein besonderer Stolz. Um die Hochbeete kümmert sich sein Sohn Jürgen. Der Jürgen wird von allen ‚Scotti' genannt. Scotti hat sich durch das Leben treiben lassen. Nirgends hat er es lange ausgehalten. Als er zwanzig Jahre alt wurde, nahm er einen Job bei einem Sicherheitsdienst an. Seine Fan-Gemeinde nannte ihn damals den ‚Security-Man'. Er verdiente wenig, da jobbte er nebenbei als Pizzafahrer. Bis ihn eines Abends ein Auto streifte, er stürzte und wurde erst in der Unfallstation wieder wach. Der Verursacher flüchtete. Es gab keine Zeugen, keine Anklage. Seitdem sitzt er im Rollstuhl. Wir gratulieren ihm zum Geburtstag und haben eine kleine Flasche schottischen Whisky ‚Glenfarclas Highland' mitgebracht, den hat er sich gewünscht. Scotti ist gut drauf und quasselt munter drauf los. „Mein Alter baut ja eine Menge Grünzeug hier im Garten an. Gestern stand Kohlrabi-Eintopf auf der Karte. Ne, Alter nicht schon wieder, habe ich gesagt. Ich hocke sowieso schon viel zu oft im Garten rum. Ich habe mit meinem Kumpel Sam einen Hybrid-Shuttle-Bus gebucht und ab damit zum Zoo. Mit Zoo meine ich, im Straßencafé sitzen, ‚Glams' begaffen, die Lifestyle-Groupies, das sind die neuen Alten". Aha, dachte ich, so redet heutzutage diese Generation. „Als Sam aus der Bio-food-Karte einen Salatteller wählte, sagte ich >Stopp<. Mit Grünzeug kenne ich mich aus. Shit Bio, hier alles novel-Food, bestimmt auch Gen-manipuliert. Die verdammten Zusatzstoffe E 120 Läuseblut, E 460 Pottasche E 516 Gips. Mehr wollte ich ihm nicht sagen, um ihm nicht ganz den Appetit zu verderben. Weißt du Sam, sagte ich, dass unsere Lebensmittel fast nur noch aus der Fabrik kommen? Ich habe verdammt viele Stunden mit meinem ‚Dad' über dieses Thema diskutiert und ich weiß, dass das, was er hier im Garten anbaut, ist absolut clean. Kohlrabi, Zucchini, Tomaten. Neuseeländer Spinat, Kartoffeln sowieso. Und dann alle gängigen Kräuter, da ist mein Alter besonders stolz drauf. In einem Hochbeet habe ich 'Gem-Squash' angebaut. Hat mir eine Freundin aus Südafrika mitgebracht. Geiles Zeug, kennt hier kaum einer. Eine rankende, anspruchslose Pflanze, die bis zu 15cm im Durchmesser große Früchte in Kugelform bildet. Das Fruchtfleisch schmeckt leicht nussig". Wir kosten den Whisky und Vater Leonhard wirft den Grill an. Plötzlich kommt das Thema ‚Zweitjob' in die Runde. „Ohne Zweitjob bleibst du echt eine arme Sau", sagt Scotti. „Die

Beschäftigung von Schwarzarbeitern in der Schattenwirtschaft blüht wie eh und je. Keiner fragt, wie die Menschen das überhaupt schaffen. In Japan nennen sie es ‚Karoshi', Tod durch Überarbeitung. Soll ja bei uns auch schon vorkommen, nur erwähnt das hier keiner. Es gibt auch keine Statistik, wie viele Jobs einer noch nebenbei hat, um über die Runden zu kommen. Das liegt auch am ‚Pic-Cycle', dem Schweinezyklus. Das sich gegenseitig bedingende Auf und Ab der Preise und Erlöse in der Marktwirtschaft. Überangebot, Zusammenbruch der Preise, die Produktion lohnt nicht mehr. Danach geht alles wieder von vorne los". „Die Steaks sind fertig", ruft Vater Leonhard. Um Mitternacht ist der Whisky alle. Vater Leonhard gibt mir noch schnell drei Zucchini mit und erklärt im Schnelldurchgang, wie ich sie zubereiten soll.

Am Samstagvormittag ging ich ins Vereinshaus. Kurt hatte über den Kleingartenverband einen Gartenfachberater eingeladen, der über das Thema ‚Schädlinge im Schrebergarten' referierte. Da wurde von Kohlhernie, falschem Meltau, Schwarzbeinigkeit, Erdflöhen, Kohlfliegen, Blattläusen, Kohlweißlingen, der

Rübenblattwespe und weiteren Parasiten gesprochen. Ein wahrer Horrorkatalog an Fressfeinden und Pilzkrankheiten. Über Schnecken will er ein anderes Mal sprechen. Schade, fand ich, das hätte mich ganz besonders interessiert. Er gab Tipps und bald entbrannten lebhafte Diskussionen, was am besten geeignet ist. Da wurde mir zum ersten mal klar, wie komplex die Ursachen und Zusammenhänge >säen – wachsen – ernten< in der Realität sind.

Lustigmacher- Kekse und die Adventfeier

Ich helfe ‚Piratenklaus' einige Säcke mit Pflanzerde auf die Gemeinschaftsparzelle zu bringen. Nach getaner Arbeit lädt die ‚Piratenfrau' zur Kaffee-Pause ein. Von seinem ‚Rauchkraut und den selbstgebrannten ‚Lustigmachern' lasse ich die Finger. Es gibt selbstgebackene Kekse. Ich greife gern zu und alle sind bester Laune. Die Stimmung steigt mit jedem Keks. Spätestens jetzt hätte ich wissen müssen, die Kekse sind wieder ein Eigenprodukt aus heimischer ‚Küche'. Und dann erzählt der Piraten-Klaus, wie vor langer Zeit eine Adventsfeier in unserer Kolonie ablief. „Es war der 1.

Advent, der 1.Vorsitzende hatte zu einer besinnlichen Gedenkfeier auf die Vereinsparzelle eingeladen. Das Wetter spielte mit und alles fand im Freien statt. Elf Gartenfreunde wuselten bereits um 17.00 Uhr frohgelaunt über das Gelände der Gemeinschaftsparzelle. Die Kerzen am Weihnachtsbaum auf einer Bühne baumelten sanft im Wind. Die Engel und Sterne am Weihnachtsbaum wiegten sich zum Takt von Rammsteins ‚Halleluja'. Die Luft war geschwängert mit Glühweindüften. Gierige Hände streckten ihre Becher zum Nachfüllen. Elke wickelte mit leuchtenden Augen Selbstgebackenes aus einer Discounter-Tüte und bestückte damit zwei Adventsteller. Die suchtkranke Raucherfraktion saugte genüsslich an ihren Glimm-Stengeln und räkelte sich auf den Barhockern. Robert fütterte seine Facebook-Fans mit schrillen Live-Mitschnitten. Susanne sendete pausenlos Newsletter mit ihrem neuen GLX-Smartphone mit Echtzeit-Scanner in die fetten Wolken der Cloud-Landschaft. Plötzlich kippte Svetlana ihren heißen Glühweinbecher über Helge's 220,- € teure Laufschuhe. Helge sprang wie Rumpelstilzchen im Dreieck. Helga wollte tanzen, da streikte Rammstein's dritte

Wiederholung von ‚Halleluja'. Jens, der Technik-Fuzzi, legte eine Scheibe von Andrea auf. Der Monika kullerten jetzt dicke Tränen über die Wangen, Gaby tröstete sie. Jens seifte die Rammstein-CD ab, es hatte aber nicht geholfen. Das Radio spielte dann ‚Oh Tannenbaum' mit den Fischerchören. Jens fummelte weiter fluchend an der HiFi-Anlage herum. Eva und Babsi setzten sich unter den Weihnachtsbaum auf der Bühne und falteten Sterne aus Papierservietten. Alex verputzte seelenruhig die letzten ‚Lustigmacher'-Kekse. Die Apokalypse näherte sich dem Finale mit einem Posaunen-Halleluja eines schlesischen Husaren-Regiments, das in´s letzte Gefecht zieht. Der Ober-Kirchen-Posaunist Markus stolperte Trompete blasend schweratmend über die Festwiese Richtung Weihnachtsbaum. Dort kniete er nieder und rief: 'Lumen fidei' (Licht des Glaubens) Nun passierte das, was eigentlich immer nur in Filmen passiert, aber nie im richtigen Leben. Till Lindemann, der Frontsänger von Rammstein war wieder mitten im Leben, er grölte seinen ohrenbetäubenden Sound der ‚Sonne' markig aus den Lautsprecherboxen. Jens sprang über diesen Erfolg wie ein Rammstein- Rumpelstilzchen im Dreieck. Eine

Lautsprecher-Box driftete beleidigt vom Haken, direkt auf Eberhards Fontanelle und schickte ihm einen bunten 3-D-Traum auf seine Festplatte. Lena kniete auf dem Boxen-Opfer. Sie nestelte nervös an Eberhards Rollkragen und suchte nach Überlebensmerkmalen. Babett verdrehte plötzlich die Pupillen und fiel in Zeitlupe auf die Tanzfläche. Bernie griff ins Leere. Babetts letzte Worte >da waren bestimmt k-o-Tropfen drin, Bernie, pass auf die Kasse auf<. Bernie verstaute Babett auf der Bühne. Hans und Erwin tranken innig Brüderschaft, das volle Programm, und verabredeten sich zum ‚Königstreffen' mit Kurt für den nächsten Sonntag in der Kolonie. Den Eberhard hatten sie nun auf den Tresen gehievt, natürlich in Seitenlage und korrekt fixiert. Zwischen den tiefhängenden Wolken grinste plötzlich frech der Mond hervor. Bernie sprang auf und rief begeistert: >Seht im Mond da oben diese wunderbare Prinzessin, sie wohnt in den weiten Hallen der klaren Kälte mit ihrem Begleiter, einem weißen Jadehasen namens Yutu<! Disco-Jens, im Disco-Wahn, fingerte die gecoverte ‚Sonne' mit Heino aus der Wundertüte und powerte den Verstärker-Level auf Voll-Anschlag. Der blonde Spießer-Barde Heino donnert

seine ‚Sonnen'-Version in den feuchten Abendnebel, so dass der Feuerlöscher ebenfalls vom Wandhaken taumelte. >Geil, geil<, schrie hysterisch Melissa, die Renn-Maus, >Heino ist die deutsche Antwort auf Elvis. Elvis ist tot, schon lange<, schrie Andre! Fuck, Fuck dieser Edelweiß-Spießer soll zu den Sternsingern gehen. Gerade als Susanne zum gemeinsamen Singen einlud, sprang Irene aus den Büschen auf die Bühne. Sie öffnet ihren Under-Cover-Parka und nestelte ihre Dienstpistole aus der schusssicheren Weste, zückt ihren Dienstausweis und rief. >Ich bin bei der Sondereinheit ‚Joint to go' und verdeckte Ermittlerin. So, ihr Hobbits, jetzt ist Schluss, ihr Hanf-Amateure und Drogen-Dealer. Gebt alle eure Autoschlüssel ab und legt euch auf den Boden. Nicht übereinander, ihr Ferkel!". Helge, der Frauen-Versteher und Warmduscher, jammerte: >mir ist kalt<. Uschi, die Kampfdrohne, hatte sich zum Pippi-machen hinter den Schuppen verdrückt und bekam nichts mit. Bernie verfiel in die Hamsterstarre und zitierte Konfuzius. Babett träumte von Monster-Aliens, die ihre Vereins-Kasse plünderten und ruderte wild mit den Armen. Marlies tanzte mit Gerti und Rosi einen Elfenreigen. Reiner wärmte sich an zwei Glühweinbechern die Hände und jammerte: >Hertha steigt wieder ab, steigt wieder ab, oh mein Gott, oh mein Gott<. Irene ging das zu langsam, sie entsicherte ihre Smith & Wesson und setzt einen Warnschuss ab. Dieser durchschlug mit einem lustigen Pfiff das neue Bühnenzelt-Dach. Peter jammerte: >das neue Zelt<, und war einem Herzkasper nahe. Jens kam mit erhobenen Händen aus seiner Diskothek und rief: >Nicht schießen, ich habe Frau und Kinder!< Holger stellte sich schützend vor seine Janin und grummelte: >Unglaublich, in was bin ich hier bloß hinein geraten, morgen kündige ich meinen Garten!< Irene nahm sich die Schlüssel und schaute auf die Uhr: >Mann oh Mann, ich hab ja schon lange Feierabend. Jetzt bin ich privat hier, ihr Hobbits, da habt ihr aber verdammt Glück, Glühwein her, rührt euch, weitermachen.< Genauso hat es sich zugetragen", sagt Piraten-Klaus und dann grinst er wie ein Honigkuchenpferd. Liegt es an den Keksen oder an den wabernden Rauchkrautwolken? denk ich so bei mir und mache mich auf den Heimweg.

Ein sanfter lauer Abendwind bei angenehmen Temperaturen lädt zum länger-bleiben im Garten ein. Meine Tage hier als ‚Gartenpfleger' sind gezählt. Übermorgen kommen Brigitte und Bernd aus dem Urlaub zurück. Ich genehmige mir einen blauen Burgunder und stelle fest: so hat es vor drei Monaten angefangen. Ein lauer Abendwind, ein Glas Wein und zirpende Grillen. Wie erschrocken und wütend war ich, als ich erfuhr: >drei Monate bleiben die Beiden weg. Drei lange Monate muss ich mich um ihren Garten kümmern<.
Nun ziehe ich Bilanz und stelle fest, am Anfang war es nicht leicht. Doch nun kommt Wehmut auf. Ganz tief in mir spüre ich, was mir der Garten gab und was ich bestimmt vermissen werde. Ohne sentimental zu werden, kann ich sagen, der Garten hat mich verändert. Gerade die kleinen, scheinbar so unbedeutenden Geschehnisse haben mich sensibel werden lassen für die Poesie im Alltagstrott, die mich auf eine längst vergessene Art berühren. Es ist die Entdeckung der Langsamkeit, das entschleunigte Arbeitstempo. Ich rette eine Hummel vor dem Ertrinken im Vogeltrinknapf. In der Morgensonne habe ich über eine halbe Stunde lang zugeschaut, wie eine Mohnblüte in

Zeitlupe ihre Blüten entfaltet. Ein Blaumeisen-Paar lockte ihre flugfähige Brut aus dem Vogelkasten. Doch ein feiges Jungtier traute sich nicht, aus dem Vogelkasten zu kommen. Ich habe so manches Vogel-Küken auf der Wiese vor den Krähen bewacht, bis die ganze Vogelfamilie in einer schützenden Hecke verschwand. Helma werde ich vermissen und all die Gartenfreunde mit ihren skurrilen Macken. Als es dunkel wird, gehe ich noch einmal in die ‚Kastanienklause' und treffe auf Peter. Ich erzähle ihm, dass meine Gartenpflege-Zeit in zwei Tagen zu Ende ist. Es war eine schöne Zeit, ich werde vieles vermissen. Die ‚Kastanienklause' werde ich hin und wieder besuchen, verspreche ich Peter.

Ich werde ein richtiger Laubenpieper

Die Parzellenrückgabe an Bernd und Brigitte ist geschehen. Wenn sie ihren ‚Jet-Lag' abgearbeitet haben, geht es an´s Erzählen.
Zwei Monate sind in´s Land gezogen. Auf dem AB bittet mich Peter um einen dringenden Rückruf. Wir verabreden uns zu einem Treffen in der ‚Kastanienklause'. Er ist in Begleitung von Karl, das ist der 1.Vorsitzende von der

Nachbarkolonie ‚Frohsinn I'. Sie kommen schnell zur Sache. Karl ist dem Peter noch eine Gefälligkeit schuldig, die will Karl jetzt einlösen. Ich könnte einen Kleingarten in der Kolonie ‚Frohsinn I' als Unterpächter bewirtschaften. Am nächsten Tag treffen wir Drei uns in der Kolonie ‚Frohsinn I' und Karl zeigt mir den zur Verfügung stehenden Garten. Der Garten ist in einem jämmerlichen Zustand, das bedeutet viel Arbeit. Der Preis ist akzeptabel und ich bin einverstanden. Morgen kann ich mir die Schlüssel bei Karl abholen und den Vorvertrag unterschreiben. Ich ahne, dass dieser Deal nicht ganz koscher ist, denn ich stehe auf keiner Bewerberliste für Kleingärten. Ich hoffe aber, dass die Beiden wissen, was sie da machen. Nun werde ich doch noch ein richtiger ‚Laubenpieper', ich bin begeistert. Die Kleingartenanlage ‚Frohsinn I' ist mit 135 Parzellen etwa genauso groß wie die Kolonie ‚Goldähren'. Beide Kolonien werden nur durch eine Straße und einen großen Spielplatz getrennt. Unmittelbar neben der Kolonie ‚Frohsinn I' liegt die Kleingartenanlage ‚Frohsinn II'. Alle diese Kleingartenanlagen bilden einen Grüngürtel inmitten der Stadt. Es gibt viele gute Kontakte zwischen

‚Laubenpiepern' und Kiezbewohnern. Oft entstehen daraus nachhaltige Freundschaften. Nach dem Krieg war der Wohnraum knapp und so bauten viele obdachlos gewordene Berliner ihre Lauben aus. Die Behörden erkannten diesen Status als festen Wohnsitz an, und daran hat sich bis heute nichts geändert. Es gibt nur noch einige wenige Parzellen, die dieses Dauerwohnrecht in den Kolonien noch beanspruchen dürfen. Mit der Aufgabe der Parzelle oder im Todesfall erlischt dieser Status. Die Parzelle zur rechten Seite ist ziemlich groß und arg verwildert. Eine große Wohnlaube hat den Nachkriegs-Status mit Wohnrecht und steht genau in der Parzellenmitte. Karl, der 1.Vorsitzende, ist nicht gut auf den Gartenfreund zu sprechen. Günters Vater ist verstorben und hieß ebenfalls Günter. Er war ein Rebell, Robin Hood und Ganove zugleich. Seine Vita gibt Stoff für Abenteuer-Romane und Shorts-Storys. Ich werde Günter Junior wohl selten zu Gesicht bekommen, meint Karl.

Karl hat mich den Gartennachbarn von Gegenüber vorgestellt. Ein nettes Seniorenehepaar. Zur rechten Seite liegt der naturbelassene Garten von Günter, und den

Garten zur linken Seite hat eine Familie, die reichlich mit Kindern gesegnet ist. Im Augenblick ist keiner auf der Parzelle zu sehen. Als ich allein bin, sehe ich mir mein neues Reich in aller Ruhe an. Ich fotografiere alles und werde mit viel Bedacht meine Gartengestaltung planen. Den Wildwuchs entferne ich und die vielen Wegeplatten stapel ich erst einmal an der kleinen Laube.

Die Sache mit dem Rücken

Obwohl mir Gartenarbeit nicht unbekannt ist, schwächelt mein Rücken am dritten Tag. Am Abend 'google' ich im Internet, mal sehen, was es da so alles gibt. >Klopfen Sie sich frei, gezieltes 'Beklopfen' von Meridianpunkten versprechen sagenhafte Heilergebnisse<. Mit der Cross-Methode kann ich die Schmerzen vom schiefstehenden Becken lindern. Für völlig Ahnungslose, so wie ich, bietet Herr Grönemeyer, nein nicht der, der andere, eine Reise zum Kennenlernen an. Dazu muss man sich nur ganz klein machen, so klein wie Medicus ‚Nandolino'. Der düst durch die Innereien und erklärt alles. Irre, was? Mein Zeitkonto und die Telefon-Flatrate ist nun die Basis für die neuzeitliche Kommunikationsebene. Entfernte Party-

Bekanntschaften, Freunde, sie alle vermitteln ein hochgradiges Spezialwissen für meinen Fall. Sie vermitteln mir unverfroren, dass ich der letzte einsame Depp auf diesem Planeten bin, der nicht weiß, wie man seine Rückenschmerzen behandelt. Ricardo, dieser Amateurcasanova aus der Bankfiliale, haucht mir sein Geheimnis in den Telefonhörer. Er ist ein Fan der Rückenlage, wenn er mit seiner Mandy busselt. Seitdem hat er keine Beschwerden mehr. Alles andere führt zu unkontrollierten, hektischen Verbiegungen. Peter schwört auf seinen breiten Gel-Fahrradsattel. Ich höre zehn Minuten lang, wie gefährlich ein harter Fahrradsattel für das Steißbein ist. Seit er auf einem breiten, holländischen Frauensattel thront, kennt er keine Rückenschmerzen, ist auch verträglicher, ‚weil du breitbeiniger fährst', dabei grinst er durch das Telefon. Jürgen meint, das kommt von den Nieren, ich soll mehr Bier trinken. Bier ist immer gut. Vor vielen Jahren musste er im Krankenhaus kistenweise Bier trinken, um seine Nierensteine zu ertränken. Und die liebe Britta vom Bernd meint, ich soll endlich auch mal zum Arzt gehen. Wenn ihr Bernd wieder wehleidig tut, reibt sie ihm den Rücken mit 'Olbas' ein. Ein Großmutter-

Rezept, danach wird er heiß, sehr heiß, ‚das sind dann unsere schönen fernsehfreien Abende'.

Ich lege einen Ruhetag ein und treffe in der ‚Kastanienklause' auf Peter. Mir ist nicht entgangen, dass Peter und Karl, der 1.Vorsitzende von der Kolonie ‚Frohsinn I' eine ziemlich angespannte Kommunikation führen. Ich frage Peter nach dem Grund. „Der Karl von ‚Frohsinn I' und Fritz, der 1.Vorsitzende von der Kolonie ‚Frohsinn II', sind sich seit Jahren spinnefeind. Darunter leidet die Gartennachbarschaft und die Sommerfeste werden nicht gemeinsam gefeiert". „Woran liegt es, dass die Vorstände nicht so richtig miteinander können? Woran liegt das, was ist der Grund, Peter?" „Es geht um eine Frau, mehr will ich nicht sagen". Wow, denke ich, was muss das für eine Frau sein, die drei gestandenen Mannsbildern so nachhaltig die Laune verdirbt. Das macht mich neugierig, Heute ist Peter nicht gut drauf, ich werde aber dran bleiben.

‚Spice' zieht in die Horizontale

Am nächsten Abend, ich werkle ein bisschen in der Botanik herum, kommt ein kleines Männlein im monstermäßigen Outfit aus dem Garten von Günter. Ich schicke einen Gruß hinüber. Ohne mich anzusehen, quält er ein flapsiges >Hi< in meine Richtung. Wenn das Günter ist, na dann gute Nacht. Ich recherchiere über Günter und erfahre folgende Geschichte: an Günter Senior ist das Leben so mir-nichts dir-nichts vorbei gerauscht. Günter war ein Lachsack, der die Weisheit des Lebens mit einem Teelöffel schaufelte. Mit sechzig Jahren, im grenzdebilen Alkoholnirwana, zeugte Günter mehr aus Zufall als gekonnt seinen Sohn Günter. Vater Günter, ein pseudowitziger Worthülsen-Produzent, sah seinen Sohn stets im trunkenen Doppelpack. Als ein Spaßvogel sollte sein Sohn das bizarre Weltbild bereichern. Frau Günter, eine zwanzigjährige ukrainische Scheinhochzeitsfrau, verschwand auf wundersame Weise unmittelbar nach der Geburt von Günter. Den Samenspender Günter holten alsbald die Engel. Günter vagabundierte tragisch-komisch durch den Lebensalltag. Das Leben ist hart, es kennt nur Sieger. Er hat zwanzig Lebensjahre unbeschadet vergeudet. Der große Garten gilt als Mustergarten für naturbelassenen Wildwuchs und führt alle Jahre zu erregten und ergebnislosen Diskussionen mit dem

Kolonievorstand. Günter kennt das seit seiner Kindheit, er verspürt keinerlei Interesse daran, etwas zu ändern. Für die Wunder der Natur im Wechsel der Gezeiten, Frühjahr, Sommer, Herbst und Winter hat er kein Gespür. Er ist einsam und möchte nicht mehr allein Tage und Nächte vor der ‚Glotze' verbringen. Er hat einen Plan. Im Discounter in der Warteschlange an der Kasse hat er sie das erste Mal gesehen. Amor´s Navi trifft beide mitten ins Herz. Er darf sie nach Hause begleiten. Ihr Zuhause ist in einem 14-Stock-Hochhaus, ein riesiger Mäusebunker fünf Minuten von der Kleingartenanlage ‚Frohsinn I' entfernt. Cindy ist ein dralles, abgehärtetes Plattenbauprodukt aus Erichs DDR-Endzeit. Günter darf sie zwei Tage später im Hochhaus besuchen. Sie sprüht ohne Vorwarnung Erotikparfümduftwolken in Flur und Fahrstuhl. Günter schnüffelt genüsslich Cindys Erotik-Weihrauchnebel-Schwaden. Sie fressen sich tief in die Synapsen und hinterlassen Spuren. Aus belanglosen Geplänkel wächst sanft Sympathie. Mehr passiert in dieser Kaffeerunde nicht. Günter will seine Cindy in seinen Garten locken. Er schichtet sein Hab und Gut in seiner Wohnwelt-Landschaft in der Laube um. Ein süffiger roter Portugieser im Ein-Liter-Discount-Sonderangebot, Weichensteller für Sonnenuntergangs-gefühle, frisst sein letztes Bargeld. Günters Hormonspiegel ist auf dem Zenit, droht weiter zu expandieren. Er legt Hand und Zügel an, seine Spar-Notration an Rauchkraut muss auf den Opfertisch. 30 Euro im Kiffer-Head-Shop ist legal über den Tisch gegangen für die Kräutermischung „Spice". Auf den Nierentisch im Wohnzimmer hat er aus seinem Garten-Wildwuchs-Fundus einen mickrigen Sommerblumen-Strauss gezaubert. Cindy kommt pünktlich, hat kein Auge für die naturbelassene Schönheit der Gartenkultur. Das Rauchkraut lockt und zieht Cindy auf die Couch. Die Abendsonne tunkt ins Häusermeer. In Günters Wohnparadies zaubert der Tischkerzenschein rote Wangen, Rotweinflecke und grabschende Hände allerorts. „Spice" fährt seine Krallen aus, macht sorglos und müde. Sorglos macht Pause, müde im Trend. Günter mutiert zum Spaßverderber, er legt sich allein in die Horizontale. Nicht zum Lustgewinn, zum Träumen. Der rote Portugieser bleibt allein für Cindy, es ist nur mäßiger Ersatz für entgangenen Lustgewinn. Der sen. Günter hätte mehr daraus gemacht. Cindy geht allein nach Hause. Amor muss nacharbeiten, sonst wird nichts aus dieser Liebe.

Rundumversorgung für den Lebensherbst

Es gibt viel zu tun in meinem eigenen Garten. Karl hat mir die Gartennachbarn zur linken vorgestellt, eine Familie mit reichem Kindersegen. Noch ahne ich nicht, was auf mich zukommt.

Daneben ist der Garten von Herbert. Er bewirtschaftet schon 45 Jahre lang seine kleine Parzelle. Seine Frau ist nach langer Krankheit vor 10 Jahren gestorben. Herbert hängt sehr an seinem Garten. Er kann sich ein Leben ohne ihn nicht mehr vorstellen. In zehn Tagen wird Herbert 75 Jahre alt. Von Tag zu Tag wird die Gartenpflege mehr zur Qual. Der nächste Kündigungstermin für den Kleingarten ist in drei Monaten. Schweren Herzens schreibt er die Kündigung. Die Hausarbeit schafft Herbert ohne Hilfe, das Einkaufen ist zwar oft anstrengend, aber auch das packt er ohne Hilfe. Nur das Alleinsein in den vier Wänden ist er so nicht gewohnt. Sein Garten fehlt ihm und so oft er kann, geht er noch hin. Ein Werbeplakat an einer großen Tafel verspricht professionelle

Rundumversorgung im Lebensherbst für glückliche Menschen. Herbert fühlt sich angesprochen. Die wahren Handlanger des sozialverträglichen Frühablebens tragen Namen wie Ruhesitz, Park-Residenz, Seniorenstift mit Streichelzoo und eigenem Friedhof. Herbert tapst wie ein ‚Wolpertinger Mischwesen' in ein Hundefänger-Auto. Schamlos haben die Kopfgeldjäger von der Sozialstation seine Herbstdepression ausgenutzt. Auf geht's zur Park-Residenz ‚Sonnenuntergang'. Dabei wollte er doch nur Prospekte über betreutes Wohnen mitnehmen. Die Kaffeefahrt hat Niveau, Raffinesse, explodiert zum Sprudelbad für müde Seelen. Herbert steht mit fünf Einzelgänger-Senioren im Recall einer Castingshow der Park Residenz. Herbert outet sich bis auf's nackte Fleisch. Dann regnet es Goldlametta-Schnipsel auf Herbert's Siegerlächeln. Ein halbes Jahr kostenfrei Logis und Büffet, im Anschlusstext ein Mietvertrag und kleiner Obolus per Dauerauftrag von seinem Konto. Sie haben gut recherchiert, Quartierwechsel schon lange im Fokus. Die Spaßmacher vom Dienst, Vollprofis mit Animateur-Diplom, drücken Herbert zum Einzug ein Meerschwein-Junges in die Jackentasche. Sein Patenkind aus der

Streichelzooabteilung in Aktion und Spaßbereich. Die Ruhmreichtage unverletzt überstanden, verbarrikadiert sich Herbert in seiner 53-qm-Residenz zur Sinnfindung. Die Hypochonder-Clique suhlt sich im Selbstmitleid, die Bastelfrauen schmachten auf Pilcher-Niveau. Der grenzdebile Windelträger aus der >B2< sympathisiert mit den Tagesnörglern auf der Sonnenterrasse. Das Milieu der dauerbeleidigten Philister, ein Panoptikum der Kleinbürgerlichkeit, der integrale Bestandteil dieses tragisch-komischen Lebens. Er ist nicht immun dagegen, er verweigert sein domestizieren. Drei Wochen Schnupperkurs hat er noch und einen Plan. Er mutiert zu Fisch und Käse, beides stinkt oder läuft spätestens nach drei Tagen. Allerorts wird der Bann erklärt, Herbert wird zur ‚Persona non grata' erklärt. Er will es schriftlich, ohne Haken und Ösen. Ringelreihen der Argumente. Seine Wohnung ist weg, demnächst auch sein Garten. Frau Weber aus dem Nachbarhaus kommt zu Besuch. Ob ihr Angebot noch steht, das Kinderzimmer vom kleinen Klaus und so? Sie nickt mit Lachfalten und löst ihren Dutt. Prost Herbert, herzlich Willkommen.

Zwischen der Kolonie ‚Frohsinn I' und ‚Frohsinn II' liegt eine kleine Gaststätte mit dem Namen ‚Frohsinn'. Die Bewirtschaftung der kleinen ‚Pinte', so nennen die Gartenfreunde sie, war in der Vergangenheit von vielen Wechseln begleitet. Mal war der Wirt sein bester Gast, ein andermal reichte der Umsatz nicht, um die laufenden Kosten zu begleichen. Kein Wirt hatte eine zündende Idee, das Geschäft zu beleben. In den Wintermonaten blieb die ‚Pinte' stets geschlossen. Der derzeitige Wirt erfindet immer wieder kleine ‚Events', um Spaziergänger und Kleingärtner anzulocken. An Wochenenden kommt Svetlana als Tresen-Kraft mit Körbchen-Größe XXL. Sie hilft an den Wochenenden und bringt Spaß in die Runde.

Halloween im Sommer

Heute ist Mittwoch, ein ganz gewöhnlicher Mittwoch. Filterlose Rauchkrautstummel dümpeln in übervollen Aschenbechern. Der Kneipenwirt werkelt im Gang hinter der ‚Pinte' an seinen Leergutkästen. Sein Pech, so versäumt er den bühnenreifen Auftritt, das heißt Eintritt, von Eliza und Gerlinde. Das hochgestylte Duo blickt unschlüssig in die Runde. Der freie Tisch neben dem

Gang zur Toilette bietet sich an. Keiner der ‚abwesenden' vier Gäste hat diesen Auftritt bewusst registriert. Minutenlanges ‚Nichts' im Raum, die beiden Frauen checken die Lage. Plötzlich steht der Wirt am Tisch, entgeistert mustert er die Damen. Eliza übt sich als Teamsprecherin, sie möchten bitte die Weinkarte. Entgeistert schluckt der Wirt, findet wieder zu sich und zu Worten. >Ob sich die beiden Damen nicht geirrt haben, das hier ist eine ganz einfache Kleingarten-‚Pinte'!<. Sie einigen sich auf einen süffigen Spätburgunder, das letzte Aufgebot. Der Wirt bringt den Wein und erfährt die Geschichte von dem wilden Heribert. Eliza und Gerlinde sind in einem Alter jenseits von Gut und Böse und leben im Altenheim ‚Abendruhe'. Eliza heißt eigentlich Elfriede, ist in den wilden dreißiger Jahren mit ihrem Heribert aus einem Kaff in Brandenburg nach Berlin gekommen. „Mit Heribert, Gott hab ihn selig, diesen verdammten Hurenbock, habe ich die Kneipe übernommen, die hier mal stand. Eine richtige, große Kneipe. Wir hatten auch einen Garten direkt dahinter. Die Vorbesitzer, eine gelbe Sterne tragende Familie, traute dem aufkommenden Spuk nicht, konnten sich noch rechtzeitig in Sicherheit bringen. Meinen Heribert habe ich dann geheiratet, ich dachte ich könnte ihn bändigen. Nix war. Dieser Hallodri, Charmeur und Frauen-Versteher war ständig auf der Pirsch. Eines Abends wollte ich ihm einen Denkzettel verpassen und habe ihn im kleinen Keller eingeschlossen. Der Schuss ging aber nach hinten los. Am nächsten Mittag wurde Bier geliefert, ich musste den Keller aufschließen, mein Heribert hatte eine schöne, ungestörte Nacht. Sein Liebchen hatte sich schon vorher im Keller versteckt. Dann ging alles sehr schnell, Bomben fielen, Heriberts Feldpostbriefe kamen immer spärlicher, dann ging gar nichts mehr. Eine Bombe rasierte unsere Kneipe weg. Als der Spuk vorbei war, kam Heribert nach Hause. Traumatisiert, ein seelisches Wrack. Ich hatte nach dem Krieg die Eckkneipe ‚Zur Sonne' vorn an der Ecke zur Sonnenallee gepachtet. Den Kleingarten hatte ich behalten. Ich baute ein bisschen Gemüse und Kräuter an. Der Garten und die Kneipe wurden mir eines Tages zu viel und ich gab den Garten auf, weil ja hier nun die kleine ‚Pinte' aufgebaut wurde. Aische, eine frühverwitwete osmanische Putze der ersten Einwanderer-Generation, putzte Treppen und konnte Bauchtanz. Samstags gab sie

Bauchtanz-Kurse für die deutschen Muttis bei uns in der Kneipe ‚Zur Sonne'. Mein Heribert wurde impotent, bekam eine riesige Wampe und lag eines Morgens erkaltet neben mir im Bett. Aische zog mit einem osmanischen Landsmann zurück in die alte Heimat. Ich gab alles auf, pflegte meine Wehwehchen und zog in ein Altenheim. Hier nerve ich meine Intim-Freundin Gerlinde mit Anekdoten aus der Heribert-Zeit. Heute nun Ortstermin, ich wollte ihr mal zeigen wo ich meine schönsten Jahre verbracht habe. Lang ist es her, alles hat seine Zeit. Solange wir uns noch auf den Beinen halten können, ziehen wir um die Häuser. Im Heim lästern sie über uns, die zwei Scharteken spielen wieder Halloween. Na und!"

Der Bombenentschärfer

In der ‚Kastanienklause' der Kolonie ‚Goldähren' hatte ich schnell Kontakt zu den anderen Gartenfreunden gefunden. Ich möchte nun sehen, wie die Gartenfreunde von der Kolonie ‚Frohsinn I' ticken und lasse mich nun öfter in der kleinen ‚Pinte' blicken. Sie ist ja wirklich klein, fünf Tische, ein kleiner Tresen, das ist es schon. Ich nehme am Tresen Platz. Der Mann neben mir liest, ohne mich zu beachten, in seiner Zeitung. Ein Gast spielt am Spielautomaten, zwei andere starren gelangweilt in ihre Biergläser. Der Mann legt seine Zeitung ab, nickt mir kurz zu und macht sich auf den Weg zur Toilette. Der Wirt reicht mir das bestellte Bier. Mein Blick streift die Überschrift der Zeitung. >Drama um Fliegerbombenentschärfung in Oranienburg<. Der Mann kommt von der Toilette zurück. Wir stolpern uns zu einer flüssigen Kommunikation durch. Er stellt sich vor, heißt Klaus und sagt; „Zu dem Bombenentschärfer-Team hier in der Zeitung gehört auch unser Ralf. Der Ralf und ich sind hier in dieser Kolonie aufgewachsen, wir waren sogar Garten-Nachbarn. Er gehörte zu unserer Clique und hatte etwas, was wir nicht hatten, Charme und Charisma im Überfluss. Sein Gang, seine Gestik, sein Lächeln verzauberte die Mädchen. Sie bekamen feuchte Augen und wir einen dicken Hals, wenn er auftauchte. Manch Nachahmer blieb eine billige Kopie. Dann kam die Zeit der Welteroberung, jeder versuchte sein Glück. Die Möglichkeiten blieben rar, die Chancen dürftig. Wir verloren uns aus den Augen". Klaus nimmt die Zeitung und liest vor. „Eine britische Fünf-Zentner Fliegerbombe aus dem zweiten Weltkrieg hatte ein Baggerführer freigelegt. Dabei ist der Zünder beschädigt worden, die Entschärfung ist nur vor Ort möglich. Das übliche Szenario, weiträumige Evakuierung. Nach drei Stunden ist der Zünder demontiert. Der Bombenspezialist erlitt dabei einen Herzinfarkt und kam sofort in ein Krankenhaus. Der Ralf kommt öfters noch zu uns hier in die ‚Pinte'. Ihm geht es nicht gut, er hat zweimal geheiratet, ist zweimal geschieden, hat drei Kinder und lebt als Single in Charlottenburg. Er hat bei der Bundeswehr in einer Spezialeinheit gedient. Danach in Kriegsgebieten Minen und Bomben entschärft. Er lebt seit zehn Jahren wieder hier in Deutschland. Der Job hat ihn fertig gemacht, er ist noch zu jung für die Rente. Zehn Jahre muss er noch durchhalten, aber wie? Vor einem Monat war er hier und erzählte mir, wie er einem Filmteam den Ausbau eines selektiven Doppelzünders demonstrierte. Da fingen seine Hände an zu zittern. Am nächsten Drehtag das Gleiche. Seitdem hat er immer einen Flachmann dabei, seine Hände bleiben dann ruhig. Bei der Bombenentschärfung in Oranienburg vor einem Jahr war er auch dabei. Ein Kollege bekam mit, dass er einen Flachmann benutzte und schickte ihn fort. >Die Angst war und ist unser ständiger Begleiter bei solchen Aktionen<, erzählte er. Vor einer Woche rief mich Ralf an, er ist jetzt wieder in Afrika und kümmert sich um Landminen-Entschärfung. Die Souvenirs von heute".

Der Erbsenzähler

Heute ist kein Gartenwetter. Nieselregen und kaum 15 Grad, das treibt mich in die ‚Pinte'. Vielleicht treffe ich hier interessante Gartenfreunde. Die ‚Pinte' ist leer, bis auf einen Mann ganz hinten in der Ecke. Er scheint zu schlafen. Ich frage den Wirt, wer der Mann ist. „Eine tragische Geschichte" erzählt Frank. „Das ist Rudi, wir sagen ‚Erbse' zu ihm. Rudi hat als ‚Erbsenzähler' in einem großen Unternehmen gearbeitet. Er war sogar mal vor etwa 15 Jahren unser 1.Vorsitzender. Ein Mann, der immer alles richtig machen wollte. Letztendlich ist er an sich selbst gescheitert. Jetzt ist er ein ‚Alki' und lässt seinen Garten verkommen. Wir alle hier in unserer Kolonie kennen seine Geschichte. Ich erzähl sie dir", sagt Frank. „Zahlen, Daten, Fakten, er war ein karrieregeiler

Zahlenverdreher aus dem Rechenzentrum eines großen Elektronikunternehmens und bekam eines Tages die Kündigung. So mir-nichts dir-nichts, aus heiterem Himmel. Fünfundfünfzig Jahre alt, davon fünfunddreißig im Firmenimperium. Vom kleinen Buchhalter hatte er sich zum Leiter des Rechnungswesen hochgeschleimt. Fünfzig Prozent der niederen Mitarbeiter bekamen ebenfalls die rote Karte. ‚Globale Vernetzung' hieß das Zauberwort. Störungsfreie Übernahme durch das Logistik-Center in Riga. Das Schlimmste an der Sache war, alles lief an ihm vorbei, keine Vorwarnung, keine Andeutung von ganz oben. Nun saß er mit einer fetten Abfindung und einer missgelaunten Ehehälfte in der gerade abbezahlten Eigentumswohnung gleich hier in der Sonnenallee oder in seinem Garten.. Er vermisste das Zahlenspiel mit aufwendigen Tabellen, lag ständig im Clinch mit seiner Bankerin wegen täglicher sinnloser Umbuchungen. Er nervte uns hier in der ‚Pinte' mit seinen Sprüchen zur Geldpolitik des Staates. Die Bankangestellte hatte sich versetzen lassen, der Bankleiter hatte es aufgegeben ihn zur Räson zu bringen. Er mutierte zum verknöcherten Grantler und wetterte unzufrieden über alles. Eigentlich war er schon immer so. Früher auf der Arbeitsstelle war er ein gewünschter Geldwächter und Kostensenker. Als er mal wieder ‚Hacke voll' war, hat er uns erzählt, wie er seine Amüsements in der Firma ‚händelte'. Wenn das monatliche aufwendige Update der vernetzten Rechner durchgeführt werden musste, hatte er ‚seinen Tag'. Er war verantwortlich für den reibungslosen Ablauf. Eine Mitarbeiterin aus der Buchhaltung wurde zur Unterstützung hinzugezogen. Geschickt manipulierte sie den Personalplan so, dass sie immer dabei war, wenn es um die Datensicherung ging. Eines Abends zeigte die Kollegin aus der Buchhaltung ihre flotten Beine, dekoriert mit Strapsen und feinem Dessous als erotische Wink-Elemente. Er verstand die Signale. Einmal im Monat zum Update im Rechenzentrum gab es Erotik pur. Erotik war vor vielen Jahren aus dem Repertoire seiner Ehealltagsspiele gestrichen. Dessous wurden aus dem Sortiment genommen, stattdessen angeraute Langarmnachtkleidung. Rudi revanchierte sich bei seiner Straps-Maus und beförderte sie zur stellvertretenden Leiterin der Buchhaltung. Alle wussten, warum. Das war Schnee von gestern, nun musste er sehen, wie er seinen

Hormonspiegel in den Griff bekam. Die Ausflüge zu Einkäufen in das Fußgängerzentrum wurden mittlerweile zum Spießrutenlaufen für seine Ehehälfte. Ein Ökostromverkäufer mit einer gelben Schirmmütze redete eine halbe Stunde auf Rudi ein. Der zog seinen Taschenrechner hervor, nach fünf Minuten gab der Schirmmützenmann entnervt auf, zog sich zur Mittagspause zurück. Den allein erziehenden Jungmuttis zeigte er, wie man mit hyperaktiven Kindern umgeht, Radfahrer holte er mit seinem Schirm vom Rad. Ein Pedaleur revanchierte sich, ein blaues Auge und eine zerbrochene Brille waren das Ergebnis. Der Rudi wurde danach sensibler in der Auswahl seiner Kontrahenten. Seine Gartennachbarn sprachen nicht mehr mit ihm. Er nörgelte über Alles und Jeden. Eine Radtour an den Stadtrand, natürlich allein, nutze er, um aus einem zaungeschützten Freilandversuchsanbau Pflanzen auszugraben. Hinter der Laube, so dass sie keiner sehen konnte, pflanzte er seine Beute ein. Akribisch führte er Buch über den Wachstumsverlauf. Jeden Tag fuhr er nun mit dem Fahrrad an den Stadtrand zum Versuchsanbau. Zuhause fütterte er die Fortschrittsbalkendatei der

Gewächse. Gespeicherte Fotos ergänzen die Datensammlung. Aus dem Internet zog er Datensätze runter und legt sich Datenbänke an, verglich ständig den Freilandanbau mit seinen Pflanzen. Eines Tages entdeckt er kleine, dunkle Flecken auf den Blättern seiner Pflanzen im Garten hinter dem Haus, genau wie bei den Freilandpflanzen. Aus den dunklen Blattflecken formten sich kleine schwarze Pusteln. Am nächsten Tag fuhr er wieder zum Versuchsfeld. Alle dicht am Zaun stehenden Freilandpflanzen waren verschwunden. In der Mitte des Feldes war ein kleiner Rest stehen geblieben. In der Nacht ist er über den Zaun gestiegen, hat er uns erzählt. Keine Zweifel, hier sollte etwas vertuscht werden. Am nächsten Tag war das ganze Versuchsfeld total geräumt. Die Pflanzen von Rudi entwickelten sich prächtig. Aus kleinen schwarzen Pusteln wurden dicke, fette, schwarze Beulen. Die Datenbank wurde sensibel mit Zahlenreihen, Fortschrittsbalken und Fotoserien gefüttert. Er glaubte, die Zeit sei reif, und schaltete Umweltbehörden, Medien und das lokale Fernsehen ein. Die Medien hungerten mitten im Sommerloch nach Storys. Es gab ein kurzes Statement von Frank vor den Kameras, dann wurde er abgeführt. Die

Pflanzen, sein PC und diverse Ordner wurden konfisziert. Das hatte Spuren hinterlassen, die Öffentlichkeit wurde hellhörig. Die ‚Yellow-Press' schlachtet das Thema genüsslich aus, ohne konkret mitzuteilen, was da eigentlich los war. Drei Tage später war das wieder Schnee von gestern, die große Weltpolitik schaukelte sich in den nächsten Krieg. Keiner zeigte ein Interesse an dicken schwarzen Beulen und Dateien eines Erbsenzählers. Er bekam seinen PC mit gelöschter Festplatte zurück. Er hatte Sicherheitskopien angefertigt, mit Updates kannte er sich ja bestens aus. Die können genau so aufregend sein wie Strapse an langen Beinen, alles zu seiner Zeit. Der Betreiber des Freilandfeldes bot Rudi einen Deal an, sie verzichten auf eine Anzeige wegen unerlaubten Betretens des Versuchsfeldes und den Pflanzendiebstahl, wenn Rudi >die Füße still hält<. Sie boten ihm für die entstandenen Unpässlichkeiten eine gute Summe an. Die Höhe hat uns Rudi nie verraten. Er machte eine Kreuzfahrt mit seiner Frau und kam nach drei Monaten wieder zurück. Danach ging es mit Rudi nur noch bergab. Ließ ihn sein Gewissen nicht in Ruhe, weil er

‚Schweigegeld' annahm, oder wusste er mehr über die Versuchsfeld- Pflanzen?

„Kannst du den Rudi bitte zu seinem Garten bringen", fragt mich Frank. „Er ist schon wieder vom Stuhl gefallen".

Ich hole eine Schubkarre und fahre Rudi zum Garten. Seine Frau ist zu ihrer Schwester nach Paderborn gezogen. Das mit den Versuchs-Pflanzen geht mir nicht aus dem Kopf, vielleicht kriege ich das noch heraus. Zuhause angekommen, setze ich mich an den PC und tippe die Geschichte von der ‚Erbse, die Rudi heißt' in meinen PC. Der nächste Tag bietet wettermäßig nichts Neues, alles grau in grau. Ich gehe mal wieder zu Nateken in die ‚Kastanienklause'. Tote Hose, ich bin der Einzige und Nateken ist auch nicht gut drauf. Wir reden über Gott und die Welt. „Auf welcher Seite bist du denn eigentlich", fragt sie. „Wie meinst du das?" „Ach, tu doch nicht so, hast du nicht mitbekommen, wie die Gartenfreunde bei dir in der Kolonie ‚Frohsinn I' schon heimlich die Messer wetzen?" „Ich weiß wirklich nicht, was da los ist", versichere ich Nateken. Ich bin mir nicht sicher, ob sie mir das glaubt.

Am nächsten Tag, mein erster Gang führt mich in die ‚Pinte'. „Sag mal Frank, was ist hier eigentlich los. Frank druckst herum, „Im Moment ist dicke Luft, aber ich halte mich da raus!" Just in dem Augenblick kommt Gartenfreund ‚Hagestolz' herein. Seinen wahren Namen kenne ich noch nicht. Ich falle gleich über ihn her, er druckst genauso wie Frank herum. Ich spendiere ein Bier und Korn und entlocke ‚Hagestolz' scheibchenweise, was ich hören will. Gartenfreundin Beate hat jetzt einen Lover aus der Öko-Szene. Der mischt in einer Öko-Partei kräftig als kleiner Abgeordneter mit und möchte aus Beates Garten einen ‚Naturnahen Garten' machen. Stapelt Totholz für Igel-Quartiere und will einen kleinen Teich anlegen. Die Ränder der Parzelle und eine große Fläche werden dem Wildwuchs überlassen. Einige Garten-Nachbarn haben sich schon beschwert, das Zeug verstreut seinen Flugsamen durch die halbe Kolonie. Die Gefahr von Zecken wird hoch gepuscht. Die Einen sind für solche Gartengestaltungen, die Anderen lehnen das ab. Es gibt Gärten, da passiert rein gar nichts. Nur Wiese und einige Blumen. Zufall oder Bestimmung, das Drehbuch des wahren Lebens setzt noch eins drauf. In der ‚Frohsinn

I' schlägt der Wasserwart Alarm. Rohrbruch in der Hauptwasserleitung. Schon mal passiert, aber an einer Stelle, die damals gut zu händeln war. Der Teufel steckt oft im Detail und reibt sich vergnügt die Hände. Das defekte Hauptwasserrohr liegt auf dem Areal der Kolonie ‚Frohsinn II'. Der Fritz und der Karl müssen sofort zum Schadensort und miteinander reden, Gefahr ist im Verzug. Sie ahnen, was auf sie zukommt. Der Wasserwart stellt die gesamte Wasserversorgung ab. In der ‚Pinte' wird ein Krisenstab gebildet. Zwanzig ‚Laubenpieper' und zwanzig Meinungen. Keiner will die Schippe in die Hand nehmen. Sie diskutieren, was das Zeug hält. Bis in die Nacht lamentieren sie sich die Köpfe heiß. Am nächsten Tag finden sich mehrere Gartenfreunde ein und graben nach den Anweisungen des Wasserwartes den Boden auf. Sie finden die Stelle und alles Weitere ist Routine. Die Schadstelle wird wieder zugeschüttet und plötzlich taucht Karl auf. Er druckst herum, war angeblich beim Bezirksverband um die Kostenfrage zu klären.

Na du kleiner Schisser

Die Montage sind am schlimmsten. Jeden Morgen das gleiche Ritual, wir sind doch alle Profis, dennoch diese Drängelei an der Tür, das nervt ungemein. Der Zug läuft in den Bahnhof ein, die Türen öffnen sich und alles schiebt, stößt und drängelt. Mitgezogen im Pulk dieser Lemminge, haste ich vom S-Bahnsteig Yorkstraße hinab zur U-7. Die U-Bahn fährt im 3-Minuten-Takt, doch alle tun so, als wäre es die letzte Bahn. Heute habe ich Glück, ergattere einen Sitzplatz und falle schnell in einen Dämmerschlaf. Heute geschieht es besonders schnell, bestimmt die Montagsdepression. Plötzlich eine Stimme, „He Jo, alter Junge, ist ja ein Ding, dass ich dich hier in der Kellerbahn treffe!" Während ich ihn mustere, grüble ich verkrampft, wer das wohl sein kann. Grinsend blickt dieser Glatzkopf auf mich herab, wartet auf ein Zeichen von mir. Ich kann beim besten Willen diesen Typen nicht einordnen. „He Jo, erkennst du mich denn nicht, es ist verdammt lange her, aber ich habe dich sofort erkannt". „Ich heiße nicht Jo und ich kenne dich nicht, ich fahre jetzt zur Arbeit", antwortete ich unwirsch! Nun beugt er sich grinsend zu mir herunter, stupst mich an und flötet,

„Kleiner Schisser haben wir dich gerufen, weißt du noch?" Mir ist das peinlich, verstohlen blicke ich mich um. Der Zug hält, da zieht dieser Kerl an meiner Jacke; „Komm Alter, wir trinken einen, unser Wiedersehen muss gefeiert werden!" Tatsächlich stehe ich Sekunden später mit diesem Kerl auf dem Bahnsteig. Plötzlich fällt bei mir der Groschen, ein heißer Kaffee weckt meine grauen Zellen, na klar, das ist der Karl. ‚Karl der Große' haben wir ihn damals genannt. Sein markanter großer Kopf thront auf breiten kräftigen Schultern. Damals, das war die Nachkriegszeit in den fünfziger Jahren in Berlin. Wir waren so um die vierzehn Jahre alt und alles war so verdammt aufregend. Jetzt kamen sie wieder, die Erinnerungen. Schulzeit, unsere Clique und die mühsame Suche nach einer Ausbildungsstelle. „Wir haben uns ja bald alle aus den Augen verloren. Wie ist es dir so ergangen"?, frage ich. „Tja, wie es mir ergangen ist, gute Frage. Kannst du dich noch an den gesprengten Bunker am Stadtrand in Berlin-Lübars erinnern? In der Laubenkolonie gleich daneben wohnten wir ja. Verdammt eng alles und im Winter bannig kalt in der Laube. In der Kolonie und auf dem Bunker haben wir uns nachmittags immer ausgetobt. Obst von den Bäumen in der Kolonie gepflückt und manchen Streich den ‚Laubenpiepern' gespielt. Auf dem gesprengten Bunker herum zu klettern war nicht ungefährlich. Eine Seite, ca. 30 m hoch stand, noch. Das Dach, auf dem die Flakgeschütze standen, lehnte sich in einer Schräge wie ein riesiges Pult an die stehende Seite. Aus den Trümmern ragten die verbogenen Eisenstäbe, wie geschaffen für uns zum Klettern. So manch einer kam mit erheblichen Blessuren nach Hause. Und du", sagte Karl zu mir, „warst ja ein kleiner Schisser, du hast dich ja nie tief in das Innenleben des Bunkers hinein gewagt! Tief im Bauch dieser Anlage gab es teilverschüttete Gänge und intakte Räume. Keiner unserer Clique traute sich in diesen Moloch tiefer hinein. Nur ich", sagte Karl, stolz, „ich war immer neugierig! Eines Nachts schlich ich mich allein in diese Katakomben. Alter Wehrmachtskrempel und viel Buntmetall gab es zu holen. Allein konnte ich diese Sachen nicht bergen und weihte den Schorsch aus der Laubenkolonie ‚Qualitz' ein. Sein Onkel betrieb einen Schrottplatz am S- Bahnhof Wittenau. Mit Schorsch habe ich dann in den nächsten Wochen Buntmetall aus dem Bunker geholt. Der Schorsch hat mich aber ganz schön übers Ohr gehauen, stellte ich später fest. Als die Schulzeit beendet war, suchten wir Arbeit oder einen Ausbildungsplatz. Ich fand nichts also blieb ich bei Schorsch auf dem Schrottplatz hängen. Weißt du noch, wie wir am Wochenende mit den paar verdienten Kröten in der Tasche von einem Tanzschuppen in den nächsten zogen? Damals hat man noch die Mädels beim Tanzen angefasst und bekam feuchte Hände. Und wie die zahnlose Oma in der Vereinskneipe der Kolonie am ‚Roseneck' für eine Bulette und ein Bier einen heißen Strip auf dem Tresen hinlegte! Bald hatten wir uns alle ganz aus den Augen verloren. Es blieb nicht nur beim Buntmetall sammeln, die Autobranche war im Kommen. Schorsch knüpfte Kontakte über die Grenzen hinaus. Wir verschoben Autos und Buntmetall und später alles, was von Wert war. Wir hatten Kohle und es ging uns ‚Sau-gut'. Bis Schorsch eines Tages verhaftet wurde. Ich konnte mich gerade noch aus dem Staube machen und untertauchen. Ich ging nach Kanada, zog mit zwei Deutschen und einem Holländer im Wohnwagen durch die Gegend. Der Alkohol und die falschen Frauen waren nicht gut für uns. Nach zwei Jahren kam ich wieder zurück.

Schorsch war raus aus dem Knast und wir hockten wieder zusammen. Der Gebrauchtwagenmarkt boomte, wir stiegen wieder ein. Alles lief bestens, Kohle reichlich, und wieder die falschen Frauen. Die Geschichte wiederholt sich, nun saßen wir beide im Knast. Zwei Jahre und fünf Monate für mich, Schorsch als Wiederholungstäter sechs Jahre und drei Monate. Seit zwei Jahren bin ich wieder im richtigen Leben, seit einem Monat weiß ich, dass ich Lungenkrebs habe, nächste Woche beginnt die erste Chemo". Karl hört auf zu reden, zieht mit seinem Kaffeelöffel kleine Kreise in der halbvollen Tasse. Sein Grinsen ist aus seinem Gesicht gewichen, doch seine Augen strahlen immer noch diese Lebensfreude pur. Er bestellt neuen Kaffee und zwei Weinbrand. Langsam kehrt sein Dauergrinsen wieder in sein Gesicht zurück. Aus einem Lautsprecher dudelt ein Elvis-Oldie ‚In The Getto'. „He Alter", stupst er mich an, „schließ deine Augen, hörst du, das war unsere Zeit, Jo. Vorbei diese Gefühlsduselei; weißt du was Jo, wir machen uns einen schönen Tag, fahren raus nach Lübars, schauen mal nach, wie es jetzt nach fünfzig Jahren dort aussieht." Irgendwie finde ich diese Idee nicht schlecht. Laut Statistik, gibt es an den

Montagen die häufigsten Fehlzeiten. Na und, denke ich, vermissen wird man mich wohl nur deshalb, weil es ungewöhnlich ist, dass ich an einem Montag fehle. Am Abend werden wir den Grill in meinem Garten anwerfen, uns scheckig lachen, wie dumm wir damals waren und dass wir uns beim Kirschen klauen tatsächlich erwischen ließen. Wir steigen in den Bus in Richtung Vergangenheit. Dort, wo der Bunker einst stand, befindet sich jetzt ein Freizeit-Park mit Rodelbahn und Klettergerüsten und sehr viel Grün. Ein begrünter Müllberg wird zum Berg der Erinnerung. Wir wandern den geschwungenen Weg bis nach oben. Auf einer Bank genießen wir den Weitblick bis in die Häuserwelt der Stadtrandsiedlung. Einige Laubenkolonien an der Quickborner Straße gibt es noch. Hier haben wir unsere Kinderjahre gelebt. In einer Zeit, wo das Wirtschaftswunder erst erfunden werden musste. Heute strahlen die kleinen Häuschen einen Hauch von Wohlstand aus. Vorn an der Straße stehen bunte Schirme eines kleinen Kaffees. Einst gab es hier eine größere Laube für Zusammenkünfte und Feiern der Laubenbewohner. Autos parken jetzt sogar vor den kleinen Häusern auf gepflasterten Wegen. Es ist, als sind die Architekten der postmodernen Welt mal kurz mit dem Radiergummi über das Blatt gefahren. Nichts ist für die Ewigkeit, oder doch? Die Wunden schmerzen, die Seele leidet, und die Narben bleiben. Diese optische Nähe zu den Kleingärten von oben, das ist wie mit dem Geruch von Mandarinen in der Weihnachtszeit. Die Rezeptoren schlagen an, funktionieren sensibel auch nach 60 Jahren fehlerlos. Weihnachtsengel und Tannenzweige als Druckdekor auf dünnen Papptellern. Jeder ist bestückt mit drei Mandarinen, zwei Pfefferkuchenherzen, vier Dominosteinen und sechs Marzipankugeln. Zwei Äpfel und einer überreifen Birne aus der eigenen Sommerernte. Optischer Besitzvergleich durch vier Kinderaugenpaare, ob alle Teller das gleiche Inventar beinhalten. Besitzstand sichern, Depot anlegen, Tauschobjekte gezielt auf den Markt werfen. Marzipankugeln sind der Renner. Das Fondant am Weihnachtsbaum, bis Sylvester ist es noch tabu. Die Tauschbörse schließt, jetzt kommt der Moment. Eingebrannte Strukturen auf den Arealen des limbischen Systems, das Startsignal. Die Geburt der Symbiose von Tannenbaumduft, brennenden Kerzen und geschälten Mandarinen. Acht kleine Kinderhände lösen die weiche

Hülle der kleinen orangenfarbenen Wunderkugeln. Wie der Geist aus Aladins Wunderlampe strömt das Fluidum raumgreifend um sich und setzt sich fest. Die Geburt der Glückshormone für die Sinne. Bescheidene Wünsche, bescheidene Erfüllung, das prägt für´s Leben. Wir gehen beide wortlos den Weg zurück nach unten. Die kleine kopfsteingepflasterte Straße von damals gibt es noch. Wir möchten uns die Erinnerung bewahren und meiden den Gang in die Kleingartenanlage. Wir wissen genau, diese ‚Lauben' von einst sind Geschichte. Genau dort, wo die Straße die Gleise der ehemaligen Industriebahn quert, stehen wir nun. Vor uns die weiß getünchten, verschachtelten Betonquader der Hochhäuser. Drohende, kalte Fassaden, Billigprodukte aus der Massenfertigung der sechziger Jahre. Sozialer Wohnungsbau, Wohnburgen für die Nomaden des Krieges, auf plattgewalzten Laubengrund mit Obstbäumen, Kartoffeläcker und Wiesenblumen. Umgestülpte Napfkuchen, dünnwandiger Beton, umklammert dünnes Moniereisengewächs, hart am Rande der Norm. Spätestens in hundert Jahren zerbröselt oder von Planierraupen zum Straßenunterbau zermalmt. Fünfzig Meter geradeaus, dann zehn Meter nach rechts, hier stand das kleine Häuschen meiner Eltern. Jetzt stumme, tote Erde, öffentliches Hundeklo, nebenan der Kinderspielplatz ohne Kinder. Mein Blick folgt den rostigen, zugewachsenen Gleisen nach rechts. In 4oo Meter Entfernung, rechts vom Bahndamm, befand sich eine Flüchtlingssiedlung. Sie lebten zusammengepfercht in einstöckigen Betonwaben. Wir laufen jetzt auf den Schienen in Richtung Stadt und nähern uns den Hochhäusern. Auf der linken Seite ist ein kleiner See. Hier wurde eine Kleingartenanlage angelegt. Ein billiger Versuch, die kompakte Enge der Betonbauten aufzulockern. Penibel ausgerichtete Einheits-Holzlauben auf kleinen Parzellen. Ich erinnere mich an die Zeit, als hier noch nichts stand. Kleine Sandhügel, Büsche, Eidechsen und Frösche in kleinen Tümpeln. Auch kleine Lauben, die genauso zusammen geschustert waren wie die vielen anderen in der unendlichen Weite der Laubenkolonien. Jahre später wurden es schicke kleine Häuser. Hier traf sich unsere Clique nach der Schule mit Jörg. Ein verdammt pfiffiges Kerlchen. Von ihm bekamen wir auch das nötige Karbid zum Bauen unserer kleinen Sprengkörper. Wir suchten uns Flaschen aus dem Müll, füllten sie mit Karbid und pinkelten hinein, verschlossen das Ganze und warteten auf den Knall. Streichholzköpfe fingerten wir in große Schlüssel, passten einen großen Nagel als Zünder in die Öffnung, banden alles geschickt mit einer Schnur zusammen, so dass wir den Nagel als Zünder gegen einen Lichtmasten schlagen konnten. Es gab einen lauten Knall und war nicht ungefährlich, machte aber Spaß. Am Stadtrand, auf den Feldern, lagen wir in den ehemaligen Flakstellungen und beschossen uns gegenseitig mit Metallkrampen aus unseren Katapulten. Das keiner von uns ernste Verletzungen davon getragen hat, grenzt für mich heute noch an ein Wunder. Wenn wir Hunger hatten und es war die Zeit, kletterten wir auf Bäume und pflückten Obst.

Nach zehn Minuten erreichen wir den Bus, ab in den Garten. Den Grill anwerfen und ein kühles Bier. Karl sagt nicht nein. Ich übernachte in meiner Laube. Karl ist nach Hause gefahren und wir wollen uns am kommenden Wochenende wieder sehen.

Keine Marseillaise schmettern

Nach der Arbeit geht's wieder in den Garten. Helma will kommen und sehen, wie weit ich meinen Garten ‚entrümpelt' habe. Sie kennt mich und weiß, wie gern ich Bohneneintopf esse. Die Stangenbohnen sind aus eigener Ernte und als Nachtisch gibt es Schokoladenpudding mit Eierlikör. „Weit bist du ja noch nicht gekommen", sagt ihre spitze Zunge. Als ich ihr sage, dass mich Wölfi und die Feng-Shui-Maus besuchen wollen, gefällt ihr das gar nicht. „Musst dir 'nen Teich mit Wasserpumpe anlegen. Willst du den Zirkus wirklich mitmachen?" Ich zögere, „nicht wirklich. Ich will mir Zeit lassen und nicht überstürzt irgendwas irgendwo hinpflanzen". „Das beruhigt mich ja", sagt Helma. „"„Ach ja, der Robert kommt wieder nach Berlin, Kurt hat uns eingeladen und er sagt dir noch Bescheid. Ich glaube, es wird nicht wieder so lustig wie damals. Der Kurt ist dieses Mal dabei und wird auf seine Weinvorräte gut aufpassen. Wird wohl nichts mit der >Marseillaise schmettern<"

So ist das als Schreiberling, jedes Chaos hat ein System, meines nicht. Ich schreibe gerade an diesem Buch über die Kleingärtner und finde noch rechtzeitig den Brief von meinem Verleger und schaffe es sogar, pünktlich beim ihm zu erscheinen. Mein voriges Manuskript ‚Die Millennium-Generation' wird nicht gedruckt. „Jedes triviale Groschenheft hat mehr Power. Das ist ‚Pipifax', unterste Schublade, ich habe Sie gewarnt!" Stille, ich krabble wieder nervös an meinem Hals. Die absolute Stille ist für mich das reinste Fegefeuer. Dieser Dolchstoß trifft mich mitten ins Herz. Genüsslich schaukelt der Verlagsleiter in seinem übergroßen Chefsessel. Mitleid sieht anders aus. Ich bin mit sofortiger Wirkung raus aus dem Vertrag. „Die freie Schriftstellergemeinde wird sich freuen, Sie wieder als freischaffenden ‚Poeten' in ihrem Kreis zu wissen", schnarrt er mit erhobener Stimme in meine Richtung. Dann reicht er mir meine Manuskript-Mappe über den Tisch. „Ach ja, noch einen schönen Gruß von meinem Lektor, lernen Sie endlich mal richtig Deutsch! Und verbessern Sie Ihren passiven Sprachschatz." Dass ich gerade eine Story über die

Kleingärtner schreibe, möchte ich ihm nicht sagen. Wie ein geprügelter Hund schleiche ich aus dem Büro.

Schreibblockade

Seit zwei Stunden sitze ich nun schon in der kleinen ‚Pinte' bei Frank. Das ‚Millennium-Debakel' tut verdammt weh. Der Kaffee mit Schuss treibt den Kreislauf an und mich mehrfach auf die Toilette. Mein leerer Kopf ist bereit für die geistige Implantation genialer Geistesblitze. Die ‚blaue Stunde' streut warmes Kerzenlicht auf die Tische. Svetlana, die Tresen-Kraft mit der brutalen Oberweite, hat heute allein das Bedienen übernommen. Ich bin jetzt der einzige Gast. Sie sitzt mir vis-à-vis und fixiert meinen Trauerblick. Nach drei Minuten weiß sie Bescheid. „Sex, Intrigen, Affären und Mord, damit kann man Kohle machen", sagt ihr Blick. „Kannst du nicht was Anspruchsvolles schreiben? Nicht so was Langweiliges wie über ‚Laubenpieper'?" „Für die wahrhaft große Poesie fehlen mir die Worte, ist alles schon ausgelaugt von den wahren Poeten", ‚summe' ich zerknirscht. „Ich habe mal gelesen", flötet sie spitzmündig, „ein guter Autor recherchiert vor Ort, ist selbst in die Aktionen involviert." Plötzlich zaubert sie ein verdammt hämisches Grinsen in ihr überschminktes Gesicht. „Sex mit Dir? Nee, du bist mir zu alt, Intrigen würden gehen. Affären vielleicht, bei Mord bin ich raus." Eines Abends bringt uns ein süffiger roter Portugieser näher. Die Symbiose zwischen Jung und Alt lässt körperliche Nähe zu. „Bevor du nicht ein gutes Manuskript abgeliefert hast, bleiben wir schön auf Distanz, okay"? Ich frage Svetlana, ob sie die Frau kennt, die für die Spannungen zwischen den Vorständen sorgt. „Ich weiß nicht, ob das, was ich gehört habe, die ganze Wahrheit ist. Vielleicht stimmt es, aber meine Hand lege ich dafür nicht ins Feuer". Dann erzählt sie. „Harry hatte hier in der ‚Frohsinn I' den Garten von seinen Eltern übernommen. Er lebte lange im Ausland und kam nur zur Beerdigung seiner Eltern hierher. Doch dann blieb er hier und übernahm den Garten. Er war ein Windhund vor dem Herrn. Schürzenjäger und Frauenheld >hoch drei<. Harry war hier Stammgast in der ‚Pinte' und ich kannte seine heimlichen Bedürfnisse. Sein Kaffee war eine hochprozentige Zeitbombe, fifty-fifty, Cognac und Kaffee. Nach vier Tagen kannte ich seine Geschichte, und die ist nicht ohne", sagt Svetlana. „Willst du sie hören"? Ich nicke. „Harry mutierte zur mittleren Reife, Kunst und Germanistikstudium in Berlin und Göttingen. Prof. Denkmann war sein Mentor in guten wie in schlechten Tagen. Er schlidderte erst einmal durch die Examen im Zeitlupentakt. In Vancouver als Vollbartträger mit Nickelbrille und Jesuslatschen auf Sinnsuche. >The Way of Life<, direkt in's Pressezentrum eines weltweit agierenden Verlages. Der schnöde Mammon machte süchtig, er verkaufte seine Seele für gieriges Postenfeilschen und Gagen abluchsen. Der Schlipsträger aus Berlin wurde Auslandskorrespondent in Südafrika und Talk-Show-Lümmel. Er schrieb ein anspruchsvolles Buch über die >High-Society in Südafrika<. Eine brillante Gratwanderung zwischen komischen und tragischen Elementen. Es ist handwerklich ausgereift, beeindruckend, spannend erzählt, subtil und fesselnd. Obwohl er präzise recherchiert und zeitnah vor Ort seine eigenen Erfahrungen einbrachte, wurde es ein Flop auf hohem Niveau. Eines Tages lernte er einen Henry kennen, ‚The Old Man' aus Minnesota, geboren in Hamburg, ein herunter gekommener Fettsack, Chefredakteur von der

‚Morning Post' in Vancouver und schleimiger Busengrabscher, brutaler Schwulen-Jäger, aber fleißiger Kirchgänger. Sie alle haben Eines gemeinsam, sie ticken nicht richtig. Henry betätigte sich so nebenbei als Drogendealer. Vom harmlosen ‚Ritalin', das er sich von der Firmenpsychologin über einstudierte Symptome neben einer Vielzahl Psychopharmaka geben ließ und dann weitergab, bis zum Verteilen bunter kleiner Ecstasy-Kugeln. Das Geschäft machte Spaß und boomte, Alkohol puschte diese Pillenneurotiker dann ins absolute Nirwana. Alle Mitarbeiter weigerten sich, Henry auf Dienstreisen zu begleiten. Es wurde gemunkelt, er macht sie mit GBH, Gamma-Hydroxyd- Buttersäure willenlos und fingert an seinen wehrlosen Opfern herum. Am nächsten Morgen konnte sich keiner daran erinnern. Dann ging es mit Beiden bergab. Harry kam zurück nach Berlin und wohnt in der Laube. Er fiel nicht besonders auf. Erst als Henry hier auftauchte und bei ihm in der Laube wohnte, änderte sich das. Wovon die beiden leben, weiß keiner. Eines Tages schwebte ein blonder Engel ein. Ein Wesen vom anderen Stern. Die Männer verbogen sich die Hälse, um sie zu sehen. Manchmal blieb sie über Nacht bei Harry und

Henry in der Laube. Dann gab es Tage, da wurde sie überhaupt nicht gesehen. Wenn sie auftauchte, lief die Buschtrommel heiß. Den Männern fiel der Spaten bei der Gartenarbeit aus der Hand, die Frauen wurden unruhig. Irgendetwas stimmte nicht mit diesem Trio. Sie passten nicht in dieses ‚Laubenpieper'-Milieu. Dann kam die ‚Engelfreie Zeit'. Der Engel wurde nicht mehr in der Kolonie gesichtet. Die Gerüchteküche brodelte hanebüchene Fantasien in den Kolonie-Alltag. Erst fiel es keinem besonders auf, das der Karl immer seltener in der Kolonie zu sehen war. Als am Telefon immer öfter seine Mail-Box ansprang, wurden viele Gartenfreunde stutzig. Findigen Köpfen fiel auf, das auch der Fritz, Vorstand von der ‚Frohsinn II', immer seltener zu sehen war. In der ‚Pinte' fabulierten kreative Gartenfreunde deftige Reime und heftige Zoten. Fritz und Karl war das zwar peinlich, aber es kam kein Sterbenswörtchen über ihre Lippen. Manche ‚Laubenpieper' sagten, der blonde Engel kommt aus dem ‚horizontalen Gewerbe' und hat Fritz und Karl den Kopf verdreht. Das ging so bestimmt ein halbes Jahr lang", erzählt Svetlana. „Dann sah man den Karl und den Fritz wieder öfter in den Kolonien. Die Mail-Box sprang auch nicht mehr so häufig an. Alles schien wieder im üblichen Kleingärtner-Alltag zu sein. Wenn nicht diese Distanz in Wort und Gestik zwischen diesen Beiden so offen sichtbar wurde. Mehr kann ich nicht dazu sagen, was wirklich dahinter steckt musst du schon selbst herausfinden"!-

Das Mäuse-Geheimnis wird gelüftet

Meine Besuche in der ‚Kastanienklause' sind wie kleine Fluchten zu den Anfängen in mein Kleingärtnerleben. Hier hat alles angefangen und hier fühle ich mich irgendwie zu Hause. Die Gartenfreunde, die ich hier kennengelernt habe, sind mir näher als die Gartenfreunde von der ‚Frohsinn I' und ‚II'. Ich weiß nicht, woran das liegt. Vielleicht ist es nur eine Frage der Zeit. Es ist ein Freitag, die Uhr zeigt Punkt 22 Uhr. Ich komme wieder einmal aus der ‚Kastanienklause' und mache mich auf den Heimweg zu meinem Garten. Vor der Parzelle von Frau Böller sehe ich eine Gestalt zwischen den Büschen. Ich bleibe stehen und erkenne Frau Böller. Sie hat mich nicht bemerkt. Auf ihrer Schulter turnt eine gefleckte Ratte herum. Ich will gerade losschreien, da hat sie mich bemerkt. Sie zögert, will sich hinter den Büschen verstecken, merkt, dass es zu spät ist und wagt den Schritt nach vorn. >Die Ratte auf ihrer Schulter sei zahm<, sagt sie. >Sie gehöre der kleinen Leonie. Leonie ist die Tochter von Frau Kramer, das ist ihre Nachbarin im Haus. Leonie hat eine Allergie bekommen, ich habe ihr versprochen auf ihre Ratte aufzupassen. Ich habe sie mit in den Garten genommen und lasse sie nachts frei im Garten laufen. Sie läuft nicht weg, bleibt immer hier und irgendwie habe ich sie schon lieb gewonnen<. Jetzt wird mir klar warum es hier im näheren Umfeld von Frau Böller keine Mäuse gibt. Man sagt, wo sich Ratten aufhalten, gibt es keine Mäuse. Wo es Mäuse gibt, halten sich keine Ratten auf. Ich muss Frau Böller versprechen, nichts über ihre Ratte zu erzählen. Sie kann mir vertrauen, ich sage es keinem weiter, stimmt doch, oder?

Wenn ich keine Besorgungen nach Feierabend zu erledigen habe, kann ich schon um 16 Uhr in meinem Garten sein. Ich habe mir gerade einen Kaffee zubereitet und mache eine kleine Pause. „Hast du nichts zu tun"? lästert eine Stimme am Gartentor. Es ist Karl, der 1.Vorsitzende. Ich biete ihm Kaffee an und habe noch ein Päckchen Kekse mit abgelaufenem Verfalldatum gefunden. Na und? Wir machen Weltpolitik und landen plötzlich im Kleingartenwesen. „Abgesehen von dem persönlichen Desaster, dass wir drei Vorstände uns nicht besonders mögen, ist das Tagesgeschäft für einen >Vereinsmeier< in jeder Kolonie identisch", meint Karl. „Einige Gartenfreunde haben nichts mit dem Verein am Hut. Sie wollen ihre Ruhe haben, freuen sich über ihr kleines Paradies und sind einfach nur glücklich. Andere wollen durch jedweden Aktionismus andere beglücken. Das funktioniert nur selten, führt eher zum Streit. Dann gibt es die Schleimer, die sich regelrecht anbiedern, um noch so unnütze Aktivitäten zu unterstützen. Hauptsache, sie fallen auf und sind im ‚Gerede'. Nach dem Motto: >Seht mal, was wir alles für den Verein tun<. Die Wildwuchsgärten, manche sagen naturbelassener Wildwuchs, sind nicht gerade im Einklang mit unserer Kleingarten-Ordnung. Dann die ewigen Nörgler, egal was du als Vorstand vorschlägst, sie zerreden alles in endlosen

Diskussionsrunden. Oder die sogenannten Hyper-Aktivisten, >ich mach das, na klar, morgen fang ich an<. Dann tauchen sie plötzlich ab und haben keine Zeit mehr. Deshalb haben wir die Gemeinschaftsarbeit entsprechend strukturiert und jeder, der sich nicht daran hält, wird zur Kasse gebeten. Über Geld kriegst du alles geregelt, das wird in der ‚Frohsinn II' und der ‚Goldähre' ebenso gehandhabt". Im Geheimen juckt es mich, den Kurt nach dem ‚blonden Engel' zu fragen. Ich halte aber den Augenblick dafür nicht günstig.

Münzen vergraben

Beinahe wären wir zusammengestoßen. „Mensch Jürgen, hast du es aber eilig!" Wir stehen vor der Stadtbücherei, Jürgen will raus und ich will rein. „Was macht dein >Schatz<"? flüstere ich ihm leise zu. Er druckst herum. „Das ist eine lange Geschichte. Hast du Zeit"? Ich nicke. Wir ziehen uns einen Becher Kaffee aus dem Automaten und suchen uns eine ruhige Ecke. „Ich habe einen Tipp bekommen, wo ich meine Münzen ganz anonym prüfen lassen kann. Mit einer Münze bin ich hin, ich habe nicht gesagt, woher ich sie habe und wie viele ich davon besitze.

Der Typ tut sehr wichtig und sehr geheimnisvoll. Ich hatte kein gutes Gefühl, aber irgendwie wollte ich, dass Bewegung in das Ganze kommt. Er prüfte und prüfte, dann sagte er mir, er sei sich nicht sicher und wollte einen ‚Kollegen' befragen.

Er kann den Kollegen im Moment nicht erreichen, wenn es geklappt hat, wird er mich anrufen. Ich gab ihm meine Telefon-Nr., leider meine Festnetz-Nr. Ich stehe mit meiner Adresse im Telefonbuch". „Das ist doch nicht schlimm", wende ich ein. „Kann sein, aber irgendwie packte mich eine Unruhe. Am nächsten Tag kam ein Anruf, ich mit meiner Münze wieder hin zu dem Typen. Die Zwei musterten die Münze, fragten, wie viele ich davon habe und nannten mir eine verdammt hohe Summe pro Münze. Ich sagte, dass ich mir das erst in Ruhe überlegen müsste und würde mich bei ihnen melden. Ich hatte das Gefühl, die wollen mich über den Tisch ziehen, irgendetwas stimmt an der ganzen Sache nicht. Dann fiel mir ein, die haben ja über meine Telefon-Nr. meine Adresse. Ich habe also die Münzen erst einmal wieder in meinem Garten vergraben. Will erst mal Gras über die Geschichte wachsen lassen." „Und, was ist passiert, haben

die sich bei dir gemeldet?" „Nein, bis jetzt noch nicht."
Jürgen hat es plötzlich eilig, „sorry, ich muss gehen."
Eine seltsame Geschichte, denke ich und suche in der Abteilung ‚Natur und Umwelt' Anregungen für meine Gartengestaltung. Ich habe mir zwei Gartenbücher ausgeliehen und bin auf dem Weg zu meinem Garten.

Schneegestöber im August

Die besten Ideen und Anregungen für meine Gartengestaltung entdecke ich immer wieder auf Rundgängen durch die Kolonien. In der ‚Frohsinn II' habe ich einen Garten entdeckt, der mich durch seine Bepflanzung und Raumaufteilung hellauf begeistert. Ich liebe solche Rundgänge durch die Anlagen. Schnell kommt man mit den Kleingärtnern ins Gespräch. Wenn ich mich in solchen Gesprächen auch als neues Koloniemitglied vorstelle, werde ich oft mit Vorschlägen überschüttet. Manche bieten mir Ableger und Samen von besonderen Pflanzen an. Andere besuchen mich auch in meinem Garten und prusten ihr ‚Fachwissen' heraus. Das kann auch ganz schön nervig sein. Bei einem solchen

Treffen habe ich Otto kennengelernt. Otto ist ein Veteran der alten Schule und seine Frau ist eine Expertin, was Kräuter betrifft. Im richtigen Leben waren Beide Lehrer. Ihr Garten ist ein wahres Refugium seltener Pflanzen. Man sieht, mit wieviel Liebe alles gepflegt ist. Ich komme nicht an ihrem Garten vorbei, sie haben mich entdeckt und bitten mich hinein. Wir reden uns mit Vornamen an und duzen uns sofort. Marlies bietet einen Kräutertee an. Wir reden über die aktuelle Tagespolitik, natürlich über das Wetter und welche Fortschritte das angebaute Gemüse macht. Ich verhehle nicht, dass ich verdammt neugierig bin und dass mich das Kleingärtnerleben ungemein interessiert. Otto ist gut gelaunt, zaubert einen selbstgebranntes Schnaps auf den Tisch und meint: „wenn du so neugierig bist, erzähle ich dir die Geschichte von unserem Garten in der ‚Plötze'. Da hatten wir bis vor drei Jahren auch einen Kleingarten. Ich hatte zufällig alles mit angesehen. Eine ganz heiße Geschichte. Die wollten mich als Mitwisser sogar in U-Haft stecken. Die ‚Macher' hatten es verdammt geschickt eingefädelt. Jeden Freitag ab 13.30 Uhr trainierte ein aufrechtes Team Basketball im Innenhof der JVA. Die Leute vom Bezirksamt hatten den Sportplatz mit großem >Brimborium< und einer Feier im Innenhof der Anstalt eingeweiht. Mit Stolz registrierte der JVA-Direktor die Begeisterung der sportlichen Männer. Sogar bei strömendem Regen tobten die „Knackis" unter dem Korb herum. Alles unter den wachsamen Blicken der Männer in den Eckwachtürmen am Ende der Stacheldraht-verzierten Mauerkrone. Es kam schon mal vor, das in der überschwänglichen Freude der Ball plötzlich über die große Mauer flog und dahinter in einem Schrebergarten landete. Das war nicht weiter tragisch, mein Gartennachbar war ganz ‚zufällig' zur Stelle und zeigte großes Verständnis. Er warf den Ball postwendend zurück. Es herrschte eitel >Friede- Freude- Eierkuchen<-Stimmung. Bis eines Tages ein Unglück geschah. Der böige Wind veränderte heimtückisch den Rückflug eines Balles vom Schrebergarten über die Mauer zurück zu den Spielern, so dass sich dieser im Nato-Stacheldrahtzaum auf der Mauerkrone festkrallte. Die uniformierte Doppelstreife im Innenhof kündigte ihr Eingreifen an. >Bleibt ruhig Jungs, wir holen den Ball da herunter!< Schwupp, war ein Bewacher mit einer Leiter vor Ort. Die bewaffneten Turmwächter gingen in Stellung. >Jungs, bleibt ganz ruhig und haltet euch von der Leiter fern!< Ein pummeliger Uniformträger stieg auf die Leiter und wollte den Ball von der Mauerkrone herunter angeln. Der Ball wehrte sich tapfer und gab nur unter Protest verletzt nach. Mitten im Juli gab es plötzlich ein kleines ‚Schneegestöber', im wahrsten Sinn des Wortes. Feiner weißer ‚Schnee' rieselte aus dem verletzten Ball, vom Winde verweht, für alle sichtbar über die Mauer zurück in den Schrebergarten. „ Ei gucke mal ‚Djürgen", rief erstaunt der uniformierte ‚Ballgreifer' auf der Leiter. „der Ball spuckt ‚Koks' aus seinem Bauch!" Der ‚Djürgen bekam dicke Backen und trällerte Alarm auf seiner ‚Mund-Tröte'. Alarmstufe Rot im Klinker-Bau. Ein Häftling raffte es am schnellsten, hechtete auf der Leiter nach oben. Kurzes Gerangel, der Häftling gewann die Oberhand und saß auf der Mauerkrone. Dabei hat er geschickt das Korpus-Delicti retour zum ‚Laubenpieper' hinüber befördert. Der ballabgreifende Uniformträger hing im freien Fall an den Leitersprossen und schrie nach seinem ‚Djürgen. Die Eckturm-Gewehrträger hatten den Häftling von allen Seiten zwischen Kimme und Korn fixiert. ‚Bambule' an den Gitterfenstern des Westflügels, endlich mal was los im Knast. Die Insassen machten Musik auf ihren Essensgeschirren. Der Häftling auf der Mauerkrone checkte die Lage, ein letzter Gruß, und dann war er von der Mauerkrone verschwunden. Der Fluchthelfer-‚Laubenpieper' hatte blitzschnell ein Trampolin unter der Abdeckplane hervor gezerrt und in die Pole-Position an die Mauer gestellt. Der Häftling landet punktgenau, das dreifache >Plopp- Plopp< ging im Alarmsirenengeheul unter. Blut rann am Wadenbein durch die Hose des Flüchtlings. Der ‚Laubenpieper' betätigte sich als Samariter. Nach zwei Minuten war der Häftling in Luft aufgelöst. Nach zehn Minuten stürmten jägergrün-uniformierte Gesetzeshüter mit der Waffe im Anschlag in den Garten. Nach einer halben Stunde war das Kurzverhör beendet. Die Polizei durchsuchte alle Gärten und verhörte auch mich. Es entstand eine Fotoserie vom Tatort. Einer filmte den Tatort von allen Seiten. Das Trampolin an der Mauer wurde gern und oft abgelichtet. Die trampolinspringenden Enkelkinder, von denen mein ‚Laubenpieper'-Nachbar gern sprach, hatte kein ‚Laubenpieper' je bei uns gesehen. Fluchthilfe, verbotener Handel mit Rauschmitteln und Widerstand gegen die

Staatsgewalt wurde dem ‚Laubenpieper' vorgeworfen. Ein blutleckender Spürhund hatte eine Spur aufgenommen. Nach 500 Metern war auf einem Parkplatz Schluss. „Sieht nicht gut aus", meinte der Kommissar zum Fluchthelfer-‚Laubenpieper' „Sie haben ihm auch noch ein Fluchtfahrzeug zur Verfügung gestellt!" Die Medien schlachteten dieses Spektakel genüsslich aus. ‚Kleingärtner als Schneemänner', ‚Schneegestöber im August, ‚Laubenpieper als Drogenkuriere'. Zum Jahresende hatten alle Kleingärtner, deren Parzelle direkt an der Gefängnismauer grenzte, die Kündigung erhalten. Wir haben hier in der ‚Frohsinn II' ein Ersatzgelände erhalten und sind sehr froh darüber. Dadurch sind wir unserer Stadtwohnung näher", meint Otto. Marlies lädt zu einer Gartenbegehung ein. Ihre Kräuterecke ist ein Gedicht, Respekt. Kamille und Lavendel erkenne ich sofort, dass meiste ist mir aber noch fremd. Ich muss an Blätter knabbern und ein Geruch-Quiz überstehen. Das bringt mich auf einen Gedanken. Ich werde Britta und Bernd zu mir in den Garten einladen und ein super Essen, gewürzt mit Marlies–Kräutern, anrichten.

Die Biker aus Michigan

Reichlich Leergut hat sich bei mir angesammelt. Endlich habe ich mich aufgerappelt und fahre meine Schubkarre mit den leeren Kästen in den Hauptweg hinein zur Straße, wo mein Auto parkt. Ein Schrei, ein heftiger Stoß und meine Schubkarre mit den Kästen bekommt Schlagseite. Das Leergut fliegt mit lautem Getöse auf ein Fahrrad. In der Hecke zur linken hat sich derweil Svetlana niedergelegt und fängt an zu jammern. >Das musste ja mal soweit kommen<, tönt eine innere Stimme. Ich greife nach Svetlana zur ersten Hilfe, wütend wehrt sie ab. Dabei flucht sie in einer Sprache, die ich zum Glück nicht verstehe. Was ja im Moment auch nicht von Bedeutung ist. Es scheint noch mal gut gegangen zu sein. Svetlana rappelt sich hoch, ordnet ihre Kleidung und ich sammle das Leergut in die Kästen. Das Fahrrad hat alles, bis auf einen schiefstehenden Lenker, gut überstanden. Wir vermeiden Schuldzuweisungen, wohlwissend, dass wir beide nicht aufgepasst haben. Die Hecke ist zu hoch und das Radfahren in der Kolonie ist eigentlich nicht erlaubt. Irgendwie sind wir beide froh, dass es so glimpflich verlaufen ist. „Ich wollte zu dir", verkündet Svetlana. „Du sollst zur Krisensitzung heute Abend um 18.00 Uhr in die ‚Pinte' kommen." „Worum geht es?" „Keine Ahnung, alle rennen wie aufgescheuchte Hühner herum. Der Karl will, dass du unbedingt dabei bist. So nun weißt du Bescheid und Schüssikowski."

Ich bin pünktlich. Fast alle, die im Vorstand etwas zu sagen haben, sind anwesend. Frank, der Wirt, hat ein Schild 'Geschlossene Gesellschaft' an die Tür gehängt. Karl, der 1. Vorsitzende, verliest mit wichtiger Miene ein Schreiben vom Bezirksverband. „Hier ist noch ein Schreiben in Englisch, wer kann das mal übersetzen"? Stille, betretenes Schweigen. „Leute, wir müssen genau wissen, was da steht. Hannes, du warst doch schon öfter in den Staaten, du hast doch immer so geprahlt, was du da drüben alles unternommen hast". Hannes schüttelt den Kopf.

Karl schickt Martin zu Otto, der ist Lehrer. In der Zwischenzeit wird über das Schreiben vom Bezirksverband diskutiert. Otto ist nicht auf der Parzelle. Karl erreicht ihn über das Handy. Eine viertel Stunde später liest sich Otto das Schreiben durch. „Leute, hier schreibt ein Jonny Halders aus Michigan, dass er in der nächsten Woche zu uns in die Kolonie kommt. Er will noch einmal den Garten sehen, wo er als Kind bis zu seinem sechsten Lebensjahr aufgewachsen ist". >Welchen Garten meint dieser ‚John'?< tönt es aus der Runde. Karl: „Er heißt Jonny und verweist auf das Schreiben vom Bezirksverband" und zeigt auf mich. „Wir müssen uns von der besten Seite zeigen. Vielleicht ist er Millionär und spendet ein Sümmchen". Der Werner googelt nach einem ‚Jonny Halders' aus Michigan. Kein Jonny Halders, es gibt aber eine Firma mit dem Namen J&L Halders-Company, die Baustoffe vertreibt. Die Fantasie schlägt Purzelbäume, ein wildes Palaver entbrennt. >Deine Hütte muss ‚aufgepimpt' werden< tönt es aus der Runde. >Du kommst ja nicht weiter mit deinem Garten. Vorn am Eingang eine läppische Wiese statt ansehnlichen Rasen. Deine Hochbeete sind das einzig Vorzeigbare<. Als ich was von >Rollrasen verlegen< höre und dass die Hausfassade gestrichen werden soll, täusche ich einen wichtigen Termin vor und verschwinde fluchtartig.

Bernie, der Schriftführer, hat am Wochenende in den alten Akten nach Spuren gesucht. Er hat akribisch Namen und

Jahreszahlen notiert, doch keiner wird aus diesen Aufzeichnungen schlau. Ich bin über das Wochenende nach Hamburg gefahren, will mir das Umgestalten meines Gartens nicht durch eine Horde überaktiver Gartengestalter antun.

Der Montag wird ein Montag wie alle Montage. Ich gehe jeden Tag nach Arbeitsschluss in meinen Garten, so wie immer. Eine unglaubliche Spannung liegt über der Kleingartenanlage ‚Frohsinn I'. Die Buschtrommel hat das große Ereignis bis in die letzte Parzelle getragen. Noch nie waren so viele Gartenfreunde in ihrem Garten wie in diesen Tagen. Am Donnerstag bekomme ich eine SMS auf mein Handy, >der Mann aus Michigan ist da<. Auf dem Weg zu meinem Garten fängt mich Otto, der Lehrer ab. „Keiner hat sie gesehen, sie sollen aber in der Kolonie sein!". Er begleitet mich zu meinem Garten. Vor meinem Gartentor stehen einige Jugendliche und beäugen zwei aufgemotzte ‚Harleys' mit amerikanischen Kennzeichen. Ein Nachbar hat beobachtet, wie zwei Biker unschlüssig vor meinem Gartentor standen. Dann sind sie in der Nachbarlaube verschwunden. Ich gehe mit Otto in meinen Garten. Hinter dem Haus sehe ich bei Günter eine biertrinkende Meute. Otto geht an den Zaun und fragt: „May I? Excuse me! Is John here?" Eine Figur in Motorradkleidung kommt zum Zaun. Dann geht alles >ruckzuck<. Jonny stellt seinen Sohn, ebenfalls in zünftiger Motorradkleidung, vor. Beide klettern spontan zu mir herüber und es gibt >shake hands<. Jonny geht mit seinem Sohn in´s Haus und durch den Garten, erzählt, wie er hier aufgewachsen ist. Wir hören schöne, lustige Geschichten und auch sehr nachdenkliche. Karl ist auch noch zu uns in den Garten gekommen. Svetlana bringt noch schnell eine große Schüssel Kartoffelsalat und Buletten. Jonny hat nichts mit der Baustoff-Company am Hut. Er ist damals nach Canada ausgewandert, war Holzfäller und hat in den Staaten, in Michigan, ein kleines Sägewerk aufgebaut. Nun tourt er durch ‚Old Germany', um seinem Sohn zu zeigen, wo seine Wurzeln sind. Nach zwei Stunden heißt es, >Have a nice day, good luck and have fun!< Schnell noch ein Selfie, dann werden die Harleys gestartet, dieses Geräusch ist unglaublich und einmalig auf der Welt, nicht nur für Motorrad-Freaks, glaube ich. Otto und ich entlassen die Männer aus

Michigan mit einem tiefen Seufzer. Ich glaube wir denken gerade das Gleiche.

Es stinkt zum Himmel

Manchmal sind es auch die kleinen Dinge, die nicht nur im Schrebergartenleben zum Himmel stinken. Mein Garten ruft, heute habe ich noch dringende Arbeiten am Laubendach geplant. Die Wetterfee hat ein Regengebiet angekündigt. Kaum bin ich in der Kleingartenanlage, da kommt Karl, der 1.Vorsitzende, mit Joel aus dem Seitenweg und beide schieben wichtigtuend ihre Schubkarren vor sich her. „Du kommst gerade richtig", knurrt mich Karl an! „Schnapp dir deine Schubkarre und hilf uns, den Mist zu beseitigen. Dann kannst du damit auch gleich dein Pflichtstunden-Konto für Gemeinschaftsarbeit reduzieren. Am Eingang zur Sonnenallee liegt ein großer, stinkender Stallmisthaufen. Der Edwin, dieser ‚Demenzler' hat sich Stallmist von der Ulrike vom Brathendl-Bruzzler am Baumarkt bestellt. Ulrikes Eltern haben einen Pferdehof in der Uckermark. Jetzt ist der Martin in Urlaub gefahren und wir sitzen auf seinem Mist. Dieser muss da schnell weg, am besten bringen wir ihn zu dir auf deine Kolchose. Dein Garten ist ja noch mitten im Umbruch, du kommst ja nicht in die Hufe!" Er lässt keinen Einwand zu und schwupp, ist der Misthaufen hinter meiner Laube positioniert. „Wie lange soll der nun hier bleiben, Karl?" „Keine Ahnung, wann der Martin zurückkommt, wirst ja sehen!" Na prima, das kann ja heiter werden. Der Ärger ist Programm. Am nächsten Tag empfängt mich Frau Merkel zappelnd am Zaun. „Das mit dem Mist ist doch ein Witz, oder? Wie lange soll denn das stinkende Zeug da noch liegen bleiben?" Plötzlich schreit eine Stimme von rechts. „He Alter, wenn das Zeug nicht schleunigst verschwindet, werde ich verdammt affig und das ist noch sehr human von mir!" Zeigt mir seinen ‚Stinkefinger' und trottet davon. Na toll, denke ich, so schafft man sich Freunde für's Gartenleben. Für heute habe ich genug von nachbarschaftlicher Nähe.

Am nächsten Tag, ich habe noch nicht einmal die Gartentür entriegelt, kreischt die Stimme von Frau Merkel: „Das geht ja gar nicht, du Stinker. Bunkerst deinen Mist hier und verschwindest klamm heimlich! Ich habe mich schon beim Vorstand beschwert! Kaum einen Monat hier bei uns in der Kleingartengemeinschaft

Mitglied, und schon zeigt er sein wahres Gesicht! Es geht alles den Bach runter in unserer Gesellschaft, schlimm, schlimm! Meine Kinder weigern sich, bei diesem Gestank in den Garten zu kommen. Wenn der Mist bis morgen nicht weg ist, nehme ich das selbst in die Hand!" Wow, denke ich, dann ist ja alles geklärt und ich bin den Mist los.

Der versprochene Regen von der Wetter-Fee ist tatsächlich bei uns angekommen. Ich gönne meinem Garten einen Tag Ruhe vor mir. Am zweiten Tag versuche ich, meine dringende Dachreparatur durchzuführen. Frau Merkel ist nicht zu sehen und den ‚Stinkefinger'-Günter sehe ich Gott sei Dank auch nicht. Der Gestank ist bestialisch. Ich habe eine Idee. Ich spiele >Reichstagsverhüllung< von Christo und Jeane-Claude. Vom Baumarkt hole ich mir eine dicke Plane und verhülle den Misthaufen. Unten häufel ich noch etwas Erde an, somit ist das Ganze ziemlich ‚luftdicht', meine ich. Ich bin sehr zufrieden mit mir und glaube, einen wesentlichen Beitrag zur Schadensbegrenzung getan zu haben. Am nächsten Tag haben sich die Regenwolken entleert und ich gehe zum Garten. Hätte ich in der Schule besser aufgepasst, wüsste ich jetzt, warum das so ist, was ich sehe. Eine ziemlich große Blase hat sich unter der Plane gebildet. An der Seite steigen leichte nebelartige Dunstwolken empor. Ich lüfte vorsichtig die Plane und aus der „Gasglocke" steigt warmer, bestialisch stinkender Duft empor. Schade um die 12,50 €, das lehrt für's Leben. Ich vermeide die nächsten drei Tage den Gang in meinen Garten. In der ‚Kastanienklause' hoffe ich Trost zu finden. Wäre schön, meinen Freund Peter aus den Anfängen meiner Kleingärtner-Karriere zu treffen. Bingo! Und das mit dem Stallmist als Gartendünger ist längst out, erfahre ich von ihm. Die Chemie-Konzerne haben längst für jede Pflanze speziellen Dünger erfunden. Sogenannte Breitband-Dünger sorgen für optimale Versorgung. Die Werbung dafür geht soweit, dass Bedürfnisse geweckt wurden, die vorher gar nicht bestanden. Deshalb sollte jeder Gartenfreund genau hinsehen, ob er das wirklich braucht. Nach meinen gartenfreien Tagen ruft mich Karl an. Der Edwin wäre aus dem Urlaub zurück und würde schnellsten dafür sorgen, dass der Stallmist aus meinem Garten abgeholt wird. So geschehen. Ich habe wieder einen mistfreien Garten und darf die Beschallung tobendender Merkel-Kinder genießen.

Kennst du dich im Internet aus?

Vor der ‚Pinte' stehen vier Tische für die Raucherfraktion. Ich leiste dem ‚Traubi' und dem Fritz Gesellschaft beim Rauchkraut vernichten. Warum der Typ ‚Traubi' genannt wird, konnte ich noch nicht in Erfahrung bringen. ‚Traubi' hat in der ‚Frohsinn II' einen Garten. Fritz hat es plötzlich eilig, und nun stehen wir zwei hier allein herum. ‚Traubi' ist bestimmt ein alter Veteran aus der Gründerzeit des Kleingartenwesens, so kommt er mir vor. Ich schätze ihn auf stramme neunzig Jahre. Das sag ich ihm und er verbessert mich auf einundneunzig Jahre. Respekt, denke ich, so alt kann man als Kleingärtner also werden. Ich erzähl ihm meine ‚Laubenpieper'-Laufbahn im Schnelldurchgang und er wirkt plötzlich verhalten still. „Kennst du dich im Internet aus"? schießt es wie aus der Pistole. „Gerade so viel, dass ich meine E-Mails lesen und schreiben kann und ab und zu im Internet surfe", antworte ich. „Hast du schon mal aus Versehen etwas angeklickt was du eigentlich gar nicht wolltest?" „Na gewiss doch, das geht ja ganz schnell, wenn man nicht aufpasst!" Pause.... „ich bin ein Opfer der Werbung geworden. Ganz heimtückisch haben mich die Macher dieser Teufelstechnik hereingelegt. Ich habe mich kaufen lassen", erklärt ‚Traubi'. „Ehe ich richtig begriff, auf was ich mich da einließ, hatte ich ein Spezial-Gesamtpaket incl. PC gekauft. Mit Flat-Rate und dem ganzen Brimborium. Ich sehe alles noch genauso vor mir, als wäre es jetzt gerade geschehen. Als Newcomer in der Internet-Gemeinde klickte ich gleich am ersten Abend überhastet auf eine Partnersuch-Adresse. Der Mensch denkt, ein anderer lenkt. Die Macher dieses Gewerbes verstehen ihr Handwerk. Sigmund Freud drehte Pirouetten vor Freude in seinem Grab, als er sah, wie seine Erkenntnisse über die zwischenmenschlichen Beziehungen Früchte trugen. Ich starrte wie besessen auf das Monitorbild und spürte, wie mein Herz raste. Das Blut in den Adern kochte, ein wohliger Schauer raste über meinen Rücken. Zeitlupenartig näherte sich mir ein ‚außerirdisches Wesen' auf meinem Monitor. Ihr unwahrscheinlich betörendes Gesicht füllte ihn ganz aus. Ohne den Blick von mir zu lassen, öffneten sich ihre sinnlichen Lippen. Sie hauchte ein ‚Amor' und dazu bewegte sie zeitlupenartig ihre Wimpern wie Schmetterlingsflügel, ganz langsam auf und nieder. Das Ganze wurde mit einer sanften Drehbewegung ihres Kopfes begleitet. Hypnotisiert folge ich ihrer Anweisung, eine bestimmte Eingabe auf meiner PC-Tastatur vorzunehmen. Mein Monitor-Engel bedankte sich mit einem Kuss und einem sinnlichen Lächeln. Es regnete tausend rote Herzen und mein Engel war verschwunden. Der Herzen-Regen wurde beendet und ein anderer Engel erschien. Erschrocken zuckte ich zusammen. Hastig glitten meine Finger zu irrsinnigen Befehlen über die PC-Tastatur, ich wollte meinen Engel wieder haben". ‚Traubi' macht eine lange Pause, begleitet von einem tieftraurigen Seufzer. „Und wie ging das weiter"? fragte ich neugierig. „Mein neuer Engel behauptete nun beharrlich seinen Platz und lockte ebenso mit sinnlichem Lippenspiel. Irgendwie gelang mir der Ausstieg. Bitter-süße Gefühle quälten und weckten die Sehnsucht. Als wäre die Natur bedacht, ihren Fehler für das Versäumte im Leben von mir wieder gut machen zu wollen, weckte sie bei mir die Lust auf die Lust. Ich mit meinen einundneunzig Jahren. Verstehst du das? Verwirrt, in meinem Alter noch diese Gefühlsduselei. Dieses Monitor-Engelsgesicht hatte sich auf meiner Festplatte eingebrannt. Ein halbes Jahr verging, ich saß in einem Straßen-Cafe in der Sonnenallee und genoss die letzten warmen Sonnenstrahlen, die in wenigen Minuten hinter dem Häusermeer verschwinden werden. Da geschieht etwas, was Drehbuchschreiber oder überkandidelte Filmdramaturgen erfinden müssen, weil es das in der Realität nie geben wird. Ich öffnete meine Augen und werde von einem Blitz getroffen. Mein Computer-Engelsgesicht stand vor mir und setzte sich an einen Nebentisch. Mein eingebranntes Computer-Gesicht deckte sich totsicher mit diesem, nun leibhaftig gewordenem Engel. Das sind die Momente, wo mein Hirn keine logischen, verstandesgemäßen Verhaltensweisen vorschlägt. Der Engel war allein und blieb allein dort in drei Meter Entfernung sitzen. Ich fühlte mich überfordert von dem Gedanken, die Initiative zu ergreifen und diesen Engel anzusprechen.

Die Sonnenstrahlen hatten nun der Abendkühle Platz gemacht, es herrschte Aufbruchsstimmung. Der Engel stand auf und ging. Ich folgte ihm in gebührendem

Abstand. Ich hatte noch keinen Plan, hoffte, der Zufall würde mir helfen. Mein Engel ging in den weitläufigen Stadtpark. Nach fünf Minuten, weit und breit war keine Menschenseele zu sehen, blieb der Engel stehen, drehte sich um und ging dann einige Schritte in die dichten Büsche am Wegrand. Ich blieb unentdeckt, hatte einen guten Blick auf das, was nun geschah. Was ich nun sah, war ein Schock von ungeahnter Perversion für mich. Mein Engel stand mit gespreizten Beinen an einem Baum. Den Rock bis nach oben geschoben und entledigte sich ihrer Notdurft, so wie es Männer tun und nie eine Frau tun würde.

Ich bestellte neue Getränke und fragte, wo er seinen Garten hat, weil ich neugierig war, wie ein Mann in diesem Alter noch einen Garten bewirtschaften kann. Bevor ich ging, fragte ich diskret Svetlana, warum er ‚Traubi' genannt wird. „Der ‚Traubi' hat früher Wein in seinem Garten angebaut. Er war ziemlich erfolgreich damit, bis er es aus Altersgründen aufgab."

Manipulierte Kürbisse

„Ab Eins macht jeder seins", trällert die Praktikantin auf dem Flur. Das Signal zum Aufbruch, mein Gleitzeitkonto ist gut gefüttert, der Garten ruft. Auf dem Weg von der Sonnenallee zu den Kolonien gibt es eine Karambolage mit Rosi. „Na Rosi, hast du wieder ‚Fischköppe' geschnorrt, um deine Tomaten zu düngen?" Sie lacht, „Nein, ich komme gerade von meiner Oma aus dem Pflegeheim. Man darf gar nicht an sein Alter denken, wenn man sieht, wie mit den alten Menschen umgegangen wird. Meine Großeltern hatten hier in der ‚Frohsinn I' einen Garten, mit Wohnrecht und Postanschrift. Hier bin ich ja groß geworden. Mit Plumps-Klo, ohne Fernsehen und kein Telefon. Erst starb der Opa und dann kränkelte Oma. Wir mussten sie in ein Pflegeheim bringen. Ich denke mit Grausen daran, auch einmal so enden zu müssen!

„Was macht Edwin eigentlich? Hat er das Drama mit den vergrabenen ‚Fischköppen' unter deinen Tomaten endlich abgehakt?" „Wo denkst du hin? Der Edwin wird noch lange daran knabbern, das ist ein sturer Bock. Wir grüßen uns seit dieser Geschichte auch nicht mehr." Am

‚schwarzen Brett' lese ich den Hinweis der Kolonie ‚Goldähren': >Liebe Gartenfreunde, noch 33 Tage bis zu unserem Erntedank-Fest. Wer hat den größten und schwersten Kürbis? Dieses Jahr lockt dem Sieger ein fettes Preisgeld, gestiftet von der Wohnungsbau-Gesellschaft hier im Kiez<. Soweit bin ich noch lange nicht. Die Mohrrüben habe ich als spindeldürre Lachnummer aus der Erde gezogen. Die Nacktschnecken und Kellerasseln haben sich am Kohlrabi dick und fett gefressen. Bei Nateken lausche ich den Fachgesprächen und den Wettprognosen. Es werden schon Wetten abgeschlossen, wer dieses Jahr den größten Kürbis gezogen hat. Über viele Jahre hat der Ewald, das ist der, der mit dem Zilp-Zap spricht, den größten und dicksten Kürbis gezüchtet. Der Edwin mit seinem Humpel-Kumpel tönt: „Dieses Jahr werde ich den größten und dicksten Kürbis präsentieren, ihr Hobby-Gärtner, da könnt ihr Gift drauf nehmen". Edwin und Ewald belauern sich wie ein verrücktes Paar a la Walter Mattheau und Jack Lemmon. Das bringt Chantal auf einen Plan. Sie hat ihren Garten neben Ewald. Seit einem Monat beobachtet sie, wie der Ewald eine Sichtwand hinter seinem Haus aufgestellt hat. Genau dort, wo Ewald's Komposthaufen ‚müffelt'. Chantal ist ein Luder, sie hat ein heimliches Date mit Edwin ohne Humpel-Kumpel eingefädelt. Zwei Tage später tauschen Edwin und Chantal in konspirativer Manier Briefumschläge aus. Beim dritten Treffen zeigt Chantal Handy-Fotos von dem obskuren Objekt der Begierde. Edwin ist entsetzt, dass dieser Klops schon so groß ist, das erstaunt ihn ungemein. Ein Zehn-Euro-Schein wechselt den Besitzer. Edwin muss etwas tun, sonst schnappt sich Ewald wieder den Pokal mit der fetten Prämie. Edwin's Humpel-Kumpel läuft als Schatten immer mit. Beim Gehen muss er sein Bein stets in den richtigen Kurs ziehen. Die Beiden sind wie Siamesische Zwillinge, nur im Doppelpack zu sehen. Das Ewald seinen Kürbis vor neugierigen Blicken schützt, hat er jahrelang professionell praktiziert. Chantal, das Luder, fährt jetzt zweispurig und zapft auch den Ewald an. Auch hier wechselt ein Scheinchen den Besitzer. Nur noch drei Wochen bis zum großen Kürbis-Event. Ewald weiß durch Chantal, dass er gut im Rennen liegt. Der Edwin wiegt sich ebenfalls in Siegerlaune und hofft, seinen Vorjahressieg wiederholen zu können. Bei Nateken prahlen in seliger Bierlaune zehn

Gartenfreunde gekonnt in ‚Anglermanier' über ihre geheimen Züchtungen.

Es ist Samstag, Punkt 11 Uhr auf dem Festplatz der ‚Goldähre'. Der Kiez-Zeitungsreporter ist bereits in der Warteposition. Über hundert Gartenfreunde stehen vor der großen Waage. Die meisten prosten sich gegenseitig mit ihren Bierflaschen in der Hand zu. Die letzten Wetten, die passenden Sprüche und aus den Lautsprecher-Boxen tönt gerade ‚Zicken-Schulze aus Bernau'.Irgendetwas ist heute anders. Genau zwölf Schubkarren mit Kürbisse stehen vor der Waage Spalier. Der Showmaster, ein smartes, bezahltes Show-Talent, überbrückt mit seinen Kaffeefahrten-Witzen die ‚Biergelaunten' Kleingärtner. Die Kürbis-Helden Edwin und Ewald sind noch nicht da. Die Menge johlt und ruft, >Edwin, Edwin<, >Ewald, Ewald<. Ungeduldige Väter schicken ihre kleinen ‚Pokémons-Jäger' auf die Kürbis-Züchter-Pirsch. Derweil beginnt das Kürbis-wiegen. Die große Tafel füllt sich mit den Daten über Gewicht, Name, Parzelle. Alle zwölf Kürbisse sind ‚gecheckt'. Da kommt Edwin mit seiner Schubkarre um die Ecke. Der Showmaster schreit in sein Mikrofon und fordert die La-Ola-Welle. Edwin wuselt seine Kürbis-Karre durch die Spaliergasse zur Waage. Ein Tusch mit Ansage. Der Kiez-Fotograf schießt Fotos von allen Seiten. Kräftige Männerhände packen den riesigen Klops und hieven ihn auf die Waage. Der Showmaster verdeckt die Anzeige und zählt von 10 runter. Unglaubliche Stille, wird die Vorjahresmarke wieder geknackt? Das Vorjahres-Gewicht ist um 5 Kg niedriger. Nun wird er nach bestimmten Kriterien vermessen. Diese Daten sind von zweitrangiger Bedeutung, gelten eher als B-Note. Nun endlich kommt auch Ewald unter großem ‚Hallo' auf die Festwiese. Es wird ganz still, als kräftige Männer den Kürbis auf die Waage bringen. Die Anzeige bleibt wieder verdeckt, der ‚Kiez'-Reporter fotografiert und lauert auf die Freigabe der Anzeige. Das gleiche Ritual, zehn, neun, ... Erwin jubelt und reißt die Arme hoch. 10 Kg über Edwin's Super-Klops. Als die Männer den Kürbis zum Abmessen anheben, passiert etwas sehr Merkwürdiges. Die Stabilität der Außenschale wird labil und der große Kürbiskörper wirkt schwammig. Ungläubiges Staunen, befassen, drücken und anstoßen. Die Schiedsrichter-Crew grübelt, berät sich mit Edwin und Ewald. Der Mann von der Wohnungsbau-Gesellschaft wuselt nervös mit seinem Scheck. Der 1.Vorsitzende Kurt greift zum Mikrofon. Es gibt dieses Mal zwei Gewinner. Edwin und Ewald haben sich auf diesen Kompromiss geeinigt und teilen sich die Siegerprämie. Scheckübergabe, Fotos und Glückwünsche von allen Seiten. Eine Stunde später verkosten Edwin und Ewald den Siegersekt gemeinsam und beschließen einen Burgfrieden für die Ewigkeit. >Nein! Dass ich das noch erleben darf, dass sich diese beiden Haudegen noch versöhnen<, denkt Chantal. >Nur weil ich ein bisschen die Luft herausgelassen habe. Na gut, ein kleiner ‚Cocktail' wohl dosiert hat dabei geholfen. Muss aber nicht jeder wissen<.

Humpel- Kumpel und der Sturz vom Dach

Ein Novum, Humpel-Kumpel mal ohne Edwin, oder umgekehrt. Wir sitzen draußen vor der Tür der ‚Pinte'. Wir sind allein und ich nutze daher die Gelegenheit, dem Humpel-Kumpel auf den Zahn zu fühlen. Wir reden uns näher und ich spiele auf seinen Humpel-Kumpel an. „Eigentlich müssten mich die Leute ‚Hinke–Kumpel' nennen. Aber das reimt sich nicht. Irgendeiner dieser

Hobby-Gärtner hat diesen Spruch in die Welt gesetzt, und dann ist es halt so geblieben. Ich spiele hier den Dorftrottel, sie haben halt ihren Spaß, sie meinen es ja nicht böse". Ich dränge weiter, dazu gibt es doch eine Geschichte, jeder hat eine Geschichte. Wir bestellen ein frisches Bier und dann erzählt er. „Ich habe es von Anfang an gespürt, er mag mich nicht. Du kennst das doch auch. Man sieht sich das erste Mal und weiß sofort, Freunde werden wir wohl nicht so schnell. Ich war zu aufgeregt, um diesem Umstand mehr Bedeutung beizumessen. Als er kam, saß ich bereits im Auto. Er stieg ein und bedeutete mir, loszufahren. Nach zwanzig Minuten Stadtfahrt und fünf Minuten über die Stadtautobahn waren wir wieder zurück am Ausgangspunkt. Ich schaltete den Motor ab, der Prüfer unterschrieb den Führerschein zur bestandenen Prüfung und gratulierte mir. Wir stiegen aus und ich ging auf den Prüfer zu, um den Führerschein entgegen zu nehmen. Da stutzte er, starrte auf mein Bein. „Das hätten Sie mir aber sagen müssen, dass sie eine Behinderung haben! Ich behalte den Führerschein zurück und muss erst prüfen ob sie mit dieser Behinderung voll fahrtüchtig sind!" Drehte sich um und sagte im Weggehen: „Sie hören noch von mir!" Ich verstand die Welt nicht mehr.

Das Bier wird serviert, ich frage weiter. „Was ist eigentlich mit deinem Bein passiert"? bohre ich. „Das ist eine lange Geschichte". „Macht nichts, wir haben doch Zeit", entgegne ich. „Meine Führerscheinprüfung hatte ich bestanden, der Führerschein war unterschrieben und dümpelte im Safe des TÜV. Ich sollte mir von einem vorgeschriebenen Vertrauensarzt ein Attest holen, das ich fahrtüchtig sei, so oder ähnlich las sich der Text. Ich war gerade erst zwanzig Jahre alt. In unserer Clique wurde gekifft und gesoffen, bis der Arzt kam. Immer wieder von einer Party zu nächsten. Edwin und ich sind dicke Freunde, schon seit unserer Schulzeit. Edwins Eltern hatten hier in der ‚Frohsinn I' einen Garten. So oft es ging, feierten wir hier unsere Feten. Edwin und ich waren wieder mal ‚Hacke voll' und schliefen in der Laube. Irgendwann in der Nacht bin ich in meinem Wahn auf das Dach geklettert und fiel hinunter, mitten in´s Kohlrabi-Beet. Da lag ich nun und schlief trotz meiner Schmerzen ein. Ich wachte gegen morgen auf. Es hatte angefangen zu regnen. Ich rief um Hilfe. Edwin war aufgestanden, hat mich weder gehört noch gesehen und ist gegangen. Am Mittag haben sie mich gefunden. Im Krankenhaus bin ich wieder zu mir gekommen. Komplizierte Brüche, Quetschungen im Beckenbereich und Stauchungen am Rücken. In der anschließenden ‚Reha' lernte ich wieder laufen. Besser geht es halt nicht, sagten die Ärzte. Seitdem ist mit Drogen Schluss. Hast du gekifft oder Drogen genommen?" „Gekifft ein wenig, Drogen nie!" „Dann hast du nie einen ‚Flash' kennengelernt? Ein ‚Flash' ist ein ‚Blitz' Wenn du so richtig auf dem Trip bist, hast du Zuckungen und Krämpfe. Ein ‚Flash' entsteht im Körper, während das Rauschgift durch die Spritze in die Vene eindringt. Das ist wie ein Orgasmus. Dann bist du der Erde entrückt, dann geht's auf die Reise. Nur mit einer Spritze hast du einen richtigen ‚Flash', verstehst du, nur mit einem Schuss. Wenn du da angelangt bist, bist du ein Junkie, ein Gott und dann ein Wrack zugleich. Edwin und ich haben noch rechtzeitig die Kurve gekriegt. So, nun kennst du unsere Geschichte, ich hoffe es bleibt unter uns. Die Hobby-Gärtner hier im Reich der Gartenzwerge zerreißen sich sonst wieder die Mäuler. Als Edwin's Eltern ihren

Garten aufgaben, hat er ihn übernommen. Und ich, sein ‚hinkender Schatten' ist immer dabei".

Mag sein, dass es kreative Menschen gibt, die sich an die Schreibmaschine oder den Laptop setzen und eine Story nach der anderen zu Papier bringen. Erlebtes, Erfundenes aus dem allgemeinen Wahnsinn des Lebens. Als ich begann dieses Buch zu schreiben, musste ich mich entscheiden, gehe ich in die Tiefe oder bleibe ich an der Oberfläche. Hinterfrage ich gezielt, oder überlasse ich es dem Leser, die ursächlichen Gründe hinein zu interpretieren. Eines ist mir klar geworden, die Protagonisten dieses Buches sind Menschen aus allen Bevölkerungsschichten. Akademiker, Ärzte, Lehrer, Verkäufer, Bauarbeiter und Menschen aus einem anderen Kulturkreis, die hier eine (Freizeit)-Heimat gefunden haben. Sie alle haben Eines gemeinsam, sie sind auf der Suche nach Liebe, Glück und Zufriedenheit. Ihr kleines Paradies ist ihr Garten. Sie haben ihre kleinen Macken und unterscheiden sich nicht von den Mitmenschen ‚da draußen', die keinen Kleingarten bewirtschaften. Manche haben sich auch überschätzt, sind enttäuscht. Von sich und überzogenen Erwartungen. Für sie ist ein Garten nur Arbeit und Verpflichtung.

Das soziale Miteinander im Vereinsleben wird wesentlich von den Funktionsträgern des Vereins beeinflusst. Ich kann feststellen, dass es in fast allen Vereinen identisch zugeht. Das betrifft den Alkohol, die Einsamkeit, den Neidfaktor und das respektlose Verhalten im sozialen Miteinander. Das menschliche Drama liegt oft auch in der Unfähigkeit, selbständig und logisch zu denken. Wie sonst lässt es sich erklären, dass diese Menschen immer den anderen die Schuld für ihr persönliches Desaster geben.

Ich habe Karl endlich soweit, das er mir erzählt, warum er mit dem Fritz von ‚Frohsinn II' seit Jahren im Streit liegt. „Ich hatte eine Affäre mit einer Frau", erzählt er. „Karl hatte ebenfalls eine Affäre mit ihr. Das ging nicht gut und irgendwie haben wir das noch nicht in den Griff bekommen.

Das Willebrand Syndrom

Zwei Tage später, ich bin über Nacht in meiner kleinen Laube geblieben weckt mich ungewöhnlicher Lärm. Da liegt der Janus auf der Wiese und jammert erbärmlich. Ich steige über den Zaun und lasse ihn ins Krankenhaus bringen. Dort kommt ein Geheimnis der besonderen Art zu Tage. Seine Neigung zu blauen Flecken ist nicht der Liebesbeweis seiner Domina Erika. Janus leidet unter dem ‚Willebrand Syndrom'. Häufiges Nasenbluten und schnell blaue Flecken, ein interessanter Fall für die Medizinmänner. Nach der ‚Chaos-Theorie' hat er den ‚Schmetterlingseffekt' ausgelöst. Mein Gott, was wurde der Janus immer aufgezogen. >Na, wieder einen Heimatabend bei deiner ‚Peitschen-Erika' gehabt? < Am Krankenbett treffe ich seine Domina-Braut, sie vergießt Krokodils-Tränen am Krankenbett. Ihre Halbschwester, ein süßes Luder aus Gera, kommt morgen nach Berlin und wohnt bei ihr, erzählt sie. Am nächsten Tag im Krankenhaus, die Domina im Doppelpack, hauteng geschlitzt, die Luft brennt. Amphetamin für die Sinne. Janus erhält am Sonntag Freigang bis 18.00 Uhr. Ich bürge für seine Rückkehr und fahre ihn zu seinem Garten

Im Garten machen wir es uns gemütlich. Die Geraer Straps-Maus hat einen Kuchen mitgebracht. Ein Mitbringsel von ihrer Sightseeing-Tour am Vormittag durch den ‚Prenzel-Berg'. Plötzlich sehe ich alles nur noch in schwarz-weiss. Am Abend liege ich neben Janus im Zweibettzimmer im Krankenhaus. Mir ist schlecht, so schlecht, dass ich sterben will. Wenn's geht, bitte gleich. Fehlanzeige! Keiner hört auf mich. Plötzlich geht die Tür auf und ein Pulk Weißkittel-Träger stürmt in das Zimmer. Ein stark behaarter Ober-Weißkittel zelebriert eine Ansage. Das Jungvolk hängt gierig an seinen Lippen, lauscht verzückt den mir unverständlichen Wortkaskaden. Alles deutet auf ein ‚Rate-Quiz' hin, ein zierliches Persönchen steht plötzlich an meinem Bett, beugt sich zu mir hinunter und flötet mit einer Stimme, die bis ins kleinste Glied fährt: „Ich möchte jetzt einmal ganz tief in ihre Augen schauen:" Sie schaut und schaut, dann leuchtet sie mit einer Taschenlampe in meine Pupillen, ich spüre ihren Atem und bin heilfroh, dass ich gestern nicht gestorben bin. Fünf weitere ‚Augen-Beleuchterinnen' kommen zu mir und belichten meine Pupillen. Doch keine war so schön wie die Erste. Dann soll Jede ihr Votum darüber abgeben, was sie gesehen oder nicht gesehen hat. Meinungsbildung im Kollektiv. >Ich sei eines der seltenen Exemplare, welches unter der Farbenagnosie leide<, sagt der allwissende Professor.

Am nächsten Tag lese ich ein schlaues Buch über ‚Farbenasthenopie'. Danach sind die Farben im ausgeruhten Zustand klar erkennbar, mit zunehmender Ermüdung lässt das Unterscheidungsvermögen nach. Alles ist klar, es liegt nicht an zu wenig >Butter-essen< und zu wenig >ins Grüne schauen<, ich brauche Ruhe. Die Libido wird nirgends erwähnt, ergo, Sinneslust und Liebeslust mindern nicht die Sehkraft, machen nur müde. Ist da etwa das Lust-Luder aus Gera schuld?

Am nächsten Tag werde ich entlassen, meine Sehstörung ist >Schnee von gestern<. Der Stationsarzt zwinkert mir zu: „Gönnen sie sich ein bisschen mehr Ruhe" und drückt mir eine Pillendose zum Abschied in die Hand. „Sie haben doch einen Garten, relaxen sie und schauen sie ins Grüne, das beruhigt ungemein. Meine Großmutter hat immer gesagt: >Junge, du musst immer gute Butter essen und ins Grüne schauen, dann bleibst du gesund<."

Ich gönne mir eine kleine Auszeit und mache gar nichts. Brigitte und Bernd hatten das mit meinem Krankenhausaufenthalt gehört und fallen bei mir ein. Am Abend schleppen sie ihren Grill zu mir und schon sind wir wieder beim Feiern. Der Janus kommt auch noch. Das Geraer Lust-Luder ist mit Erika schon nach Gera zurück gefahren. Das verspricht, ein stressfreier Abend ohne Sehstörung und blauer Flecken zu werden.

Ein Fuchs, ein Fuchs

Frau Merkel hat es nicht leicht. Sie schließt hastig die Laubentür auf, wirft eine Tüte Popcorn auf den Tisch, fingert zwei große Trinkflaschen aus dem Einkaufsbeutel. „Vertragt euch und seid nicht so laut, ihr wisst ja, der Nachbar beschwert sich sonst wieder. Ich bin spätestens in einer Stunde wieder hier, verstanden? Noel, du passt auf, das nichts passiert!" Schon eilt sie davon. Die Popcorn–Tüte wird im Handgemenge zerfetzt. Paul fängt an zu heulen, Leonie sammelt den verstreuten Tüteninhalt vom Boden auf. Noel scheucht Paul hinaus in den Garten und baumelt dann gelangweilt in der Hollywood-Schaukel. Alle scheinen wieder geerdet zu sein. Der Paul mit seinen vier Jahren wird von den größeren Geschwistern gern für besondere ‚Bespaßungen' missbraucht. Jetzt geht er unbeobachtet auf Entdeckungstour hinter das Haus. Leonie ist seit einer Woche sechs Jahre alt, sitzt im Trampolin-Käfig und füttert ihr Smartphone mit WhatsApp-Nachrichten. In diese unübliche Stille auf der Merkel'schen Parzelle ertönt plötzlich ein markerschütternder Schrei. Paul kommt angerannt. „Ein Fuchs, ein Fuchs", sprudelt er aufgeregt. Noel fühlt sich gefordert. „ Wo soll ein Fuchs sein?" „Hinter dem Haus, neben dem Kompost liegt ein großer Fuchs!" Im Gänsemarsch pirscht sich die Gruppe, angeführt von dem neunjährigen Noel, an den Tatort. Tatsächlich, am Zaun, direkt unter der Brombeerhecke, liegt ein großer Fuchs. Das mutige Dreigespann verharrt respektvoll in drei Meter Abstand. In den Kinderköpfen rotiert das wenn, wie, und aber. „Schläft der Fuchs? Was passiert, wenn er wach wird, greift er uns an?" Noel schüttelt den Kopf, greift sich einen langen Stock und stupst den Fuchs an. Der jedoch rührt sich nicht. Noel wird mutiger, stupst den Kopf an, keine Reaktion. Langsam pirscht sich das Jungvolk näher heran. „Der Fuchs ist tot, Mausetot" sagt Noel. Paul rennt vor Angst nach vorn, Leonie hinterher. Dann sitzen alle Geschwister in der Hollywood-Schaukel und beratschlagen, was mit dem toten Fuchs geschehen soll. Mutter Merkel ahnt nichts Gutes, als sie ihre Kinder so vereint zusammen sitzen sieht. Paul schreit schon von weitem: „Ein toter Fuchs, ein toter Fuchs!" Mutter Merkel: „Ihr bleibt hier sitzen, ich sehe mir das mal an, verstanden?" Nach dreißig Sekunden stürmt sie nach vorn. „Habt ihr ihn etwa angefasst?" schreit sie erregt. „Nein!" rufen alle drei. Mutter Merkel rafft schnell wieder alle Sachen zusammen. "Los Kinder, wir müssen sofort den Garten verlassen!" Sie eilen zum 1.Vorsitzenden. Kurt ist nicht in seinem Garten. Weiter geht's zur ‚Pinte', da finden sie Kurt. Er verspricht, sich darum zu kümmern. Mutter Merkel verkündet: „Ich gehe erst wieder in den Garten, wenn der Garten ‚Fuchsfrei' ist". Sie gibt Kurt die Gartenschlüssel und ihre Telefon-Nummer. Das Veterinäramt wird informiert, will sich der Sache annehmen.

Am nächsten Tag, ich bin auf dem Weg zu meinem Garten. Freia fällt unangemeldet ein. „Was machst du für ein Gesicht, hast du wieder schlechte Laune?", meine Antwort erst gar nicht abwartend. „Kein Wunder, der halb vertrocknete Pflaumenbaum am Haus steht ja immer noch! Solange der dort steht, hast du ein schlechtes Chi." „Ich darf nur mit Genehmigung des Bezirksverbandes Bäume fällen", sage ich mürrisch. Zum Glück bleibt sie nicht lange und ich finde doch noch ein wenig Ruhe.

Das Wetter schickt zwei Regentage über´s Land. Am dritten Tag füllen sich wieder die Gärten mit den Schönwetter-‚Laubenpiepern'. Frau Merkel fängt mich am Gartenzaun mit den Worten ab. „Den Fuchs haben sie abgeholt, ich habe gefragt, woran er gestorben ist? Wissen Sie, was mir der 1.Vorsitzende geantwortet hat? >Diese Untersuchung ist kostenpflichtig und die müssten wir bezahlen, das habe ich aber abgelehnt<! So eine Sauerei, für jeden Scheiß hat der Verein Geld übrig, aber für so eine wichtige Sache anscheinend nicht. Vielleicht hatte der Fuchs Tollwut. Der Fuchsbandwurm ist auch nicht von ohne, aber das interessiert ja keinen der Vereinsmeier! Am liebsten würde ich an die Presse gehen oder alle Eltern mobilisieren, wie leichtsinnig mit unseren Kindern

umgegangen wird!" Recht hat sie, nicke ich, und dann bietet sie mir eine Schüssel Pflaumen an.

Hannes feiert Geburtstag

Ich kann es nicht beschreiben, es ist wie die Sucht des Täters zurück an den Tatort. Hier in der ‚Kastanienklause' hat alles angefangen. Peter begrüßt mich mit einem herzlichen >Hallo<. Der Kurt kommt mit an den Tisch. „Der Betreuer von Hannes Krammer hat nachgefragt, ob er zum Geburtstag von Hannes am kommenden Sonntag mit ihm in den Garten kommen kann? Prinzipiell ist das möglich, nur die Nachpächter von Hannes´s Garten sind verreist. In meinem Garten gibt meine Enkeltochter eine Party, da sind die ‚Gruftis' nicht gern gesehen". Reden hin und her, schließlich darf ich der glückliche Gastgeber sein. „Es ist doch die beste Lösung, dein Garten ist so gut wie Barrierefrei. Danke mein Lieber."
Peter und Kurt sorgen fürs Catering und Helma übernimmt den Service. Hannes kommt fast pünktlich und zum Anstoßen gibt es Eierlikör aus großen Gläsern. Hannes kommt wieder in Fahrt. Erzählt Anekdoten aus seiner Kinderzeit, vom Äpfel-stehlen bis zum Schule-

schwänzen. „Ihr Hobby-Gärtner, seht zu, dass ihr nicht in eine ‚Verwahranstalt' wie die meine kommt. Der beste Abschied ist, von der Leiter fallen, auf der Wiese einen letzten Blick in den Sommerhimmel, ade liebe Welt. Aber leider hat es so nicht geklappt. Sondern „Ultimo Refugium", die letzte Zuflucht. Ein Zweibettzimmer, mein Bett am Fenster, meine letzte Bleibe. „Nascentes morimur, finisque ab origine pendet". Indem wir geboren werden, sterben wir, und das Ende beruht auf dem Anfang, Zitat Horaz".

Den ganzen Nachmittag habe ich in meinem Garten gewerkelt. Altlasten entsorgen und Umgraben stand auf dem Kalender. Ich mache es mir gerade vor meiner kleinen Hütte bequem, entfalte den Pizza-Karton steht Helma neben mir und langt hinein. „Na, alter Schreiberling, was macht dein Buch? Denke daran, wenn du etwas Schlechtes über mich schreibst, zünde ich dir die Hütte an, verstehst du? Wenn du das richtige Leben kennen lernen willst, sprich mal mit der Frau Neuner aus der ‚Frohsinn II'". Wir albern herum und die Biergläser sind auch leer. Zwei neue Biere, und schon biegen wir die Worte nach unserer Wahl.

„Wo finde ich diese Frau Neubauer?", frage ich neugierig. „Frag in der ‚Pinte' nach, die Neubauer dort kennt".

Dieses ‚spinnerte' Telefonieren

Samstagvormittag, geschicktes manövrieren zur Erstkontaktaufnahme, führt direkt zum Gespräch für eine Einladung zum Plauderstündchen und Kaffee um 16.00 Uhr bei ihr im Garten. Frau Neubauer führt mich durch ihren Garten. Ein kleines Hoch-Beet ist mit verschiedenen Kräutern bepflanzt. Der Garten ist schmal und lang, etwa 150 qm groß. Überall Rasen und an den Rändern Blumen. Alles sieht gepflegt aus. Sie, eine kleine unauffällige Frau, etwa 70 Jahre alt, trägt ein mausgraues, weit geschnittenes Kleid. Ihre Parzelle liegt am äußersten Rand der Kleingartenanlage. Sie hat nur zwei Gartennachbarn. Einen alten Mann, zu dem sie so gut wie keinen Kontakt hat, da er sehr selten in seinem Garten zu sehen ist, sagt sie. Den Garten auf der anderen Seite hat eine Familie aus Osteuropa gepachtet, wir sehen uns selten. Sie erzählt mir von ihrer Einsamkeit, ihrer Familie. Sie hätte gern eine eigene Familie gehabt. Warum es nicht dazu kam und warum das Andere geschah. Kein Jammern, aber leise

Wehmut klingt in ihren Worten. „Als Kinder haben wir oft aus Jux beliebige Telefonnummern gewählt. Ein Heidenspaß für uns gackernde Hühnerschar. Die Tage, wo ich nicht mehr so gut drauf bin, werden immer zahlreicher. Eines Tages, mich muss der Teufel geritten haben, wählte ich beliebige Telefonnummern, so wie einst in den Kindertagen. Mit jemanden reden, Stimmen hören, mehr wollte ich nicht. Aus anfangs planlosem Geplapper entstand sporadisch niveauvolle Kommunikation. Bis ich eines Tages einen merkwürdigen Anruf bekam. Daraufhin habe ich meine Telefonnummer auf dem Display unterdrückt. Aber vorher rief ein Redakteur eines Boulevardblattes an und führte lange Gespräche mit mir. Obwohl ihm mein Alter bekannt war, stellte er sehr indiskrete Fragen. Dieses ‚spinnerte' telefonieren, verzweifelte Flucht aus einer Schattenwelt in die Anonymität der nächsten Schattenwelt. Stimmen zu zugedachten Gesichtern, Beleidigungen als Resonanz für ungebetene Belästigungen. Ich lernte durch die Sprache lesen. Offenbarungen, Geisterstimmen mit Namen und irdischen Problemen und den ganzen Seelenschutt. Erstaunliches öffnen, aus distanzierter Anonymität, die

Geisterstimmen aus der Schattenwelt. Ich habe nie einen dieser Menschen gesehen, nicht verabredet oder besucht. Mit Einigen telefoniere ich fast regelmäßig. Wenn ich das erste Mal anrufe und es zu einem längeren Gespräch kommt, entwerfe ich mental ein Profil. Bei weiteren Kontakten verfestigt sich das Bild. Die Stimme spiegelt die Seele, Barometer der Gefühle. In der Schattenwelt herrscht dichtes Gedränge verkümmerter Seelen. Einsamkeit, Hoffnungslosigkeit, hilfloses herumrudern auf der Suche nach einem Ausweg". Sie geht in die Laube und holt eine Büchse Kekse aus dem Schrank. Wir philosophieren über Gott und die Welt, plötzlich wird sie nachdenklich, nach einer kleinen Pause erzählt sie weiter. Gemessen an dem, was täglich um uns herum geschieht, ohne dass es bewusst wahrgenommen wird, ist mein Schicksal so banal, das ich mich dafür schäme. Eine alte Frau, die zum Telefon greift und wildfremde Menschen anruft, nur um wahrgenommen zu werden".
Sie steht auf und geht in die Laube. Sie hat sich eine Jacke übergezogen, als sie zurückkommt. „Es wird eine sternenklare Nacht und wenn wir Glück haben, können wir auch einige Sterne sehen". Frau Neubauer holt einen

Korb und bittet mich, eine Sektflasche zu öffnen. Wir prosten uns zu. Der Tag verabschiedet sich mit einem herrlichen Sonnenuntergang. Der Mond zieht das Sternenzelt hervor. Schweigend schauen wir in den Nachthimmel. Folgen den blinkenden Lichterpunkten der Himmelsgleiter, die starten oder zur Landung auf blitzenden Fahrstraßen ansetzen. „Heute soll es besonders viele Sternschnuppen, Strahlenwerfer geben. Diese übermütigen, vagabundierenden Sternenkinder, Kobolde auf intergalaktischen Reisen, verglühen hilflos in verbotenen Zonen. Nicht heimlich, im Gegenteil, ganz öffentlich. Vielleicht als Strafe, sollen es doch alle sehen. Öffentliches Spektakel, jeder legt sich dafür noch einmal so richtig ins Zeug. Vielleicht ein Versehen übermütiger Sternenreiter auf halbem Weg zwischen den Göttlichen und den Sterblichen. Die Narren der Erde applaudieren, heimlich denken sie sich zu diesem Brimborium Wünsche aus, als wär's nur für sie gemacht. Wenn ich in den Sternenhimmel sehe, gehe ich auf Reisen. Zeitreisen, bringen mir Erinnerungen, he, bald komm ich. Wenn ich gehe, gehe ich nicht in Bitternis, ich hatte auch meine Chancen. Als Kind, ich war vielleicht zwölf Jahre alt, bat mich mein Vater, eine Tabelle zu erstellen. Auf der linken Seite sollten die positiven und auf der rechten Seite die negativen Erfahrungen, die ich bisher in meinem Leben erlebt hatte, stehen. Später in meinem Erwachsenenleben habe ich das einige Male praktiziert. Einmal habe ich meine Einschätzung über die Menschen, die ich kannte, in Gut und Böse aufgeschrieben. Mir wurde angst und bange, erschrocken brach ich diese Tabelle ab. Es hat mich sehr traurig gestimmt, als ich feststellte, wie grausam viele Menschen sind. Vielleicht gibt es den Ausgleich und mehr Gerechtigkeit später, da oben. Irgendwo in der Unendlichkeit, in dem Meer der Hoffnung. Der Körper gehört dem Teufel, die Seele gehört Gott, sie bleibt unsterblich".

Sie redet einfach so drauf los, wie sie es möchte. Oft redet sie nur um zu reden, doch das hier war etwas ganz anderes.

Auch Veganer grillen

Eigentlich bin ich selten allein in meinem Garten, nur wenn es regnet oder ungemütlich stürmt, bin ich wirklich allein. Heute kann keiner das Wetter so richtig einschätzen, schon gar nicht die hochbezahlten Wahrsager in den Wettervorhersage-Studios. Die Wetter-Apps auf dem Handy spielen auch wieder Lotto. Ich turne auf dem Laubendach herum und suche nach der undichten Stelle, die für die Flecken an der Decke verantwortlich ist. „Was machst du da?" Na, den Spruch kenne ich doch. Ich sehe die kleine Martha im Garten stehen. Ich klettere vom Dach und nehme mir Zeit für diesen Überraschungsbesuch. Sie bringt mir eine Einladung zu einem Grillabend am nächsten Samstag. Ich zeige Martha meinen Garten und bedanke mich für die Einladung. >Martha´s Eltern sind bestimmt noch Veganer<, geht es mir durch den Kopf. Und richtig, sie haben in der Zwischenzeit mächtig aufgerüstet. Von Pulled-Pork über Trockenmarinade bis hin zum digitalen Bratenthermometer. Alukartoffeln werden in die Glut gelegt. Martha´s Mutter knetet eine Masse aus Mehl, Salz, Öl und Wasser zu einem Salzteig. Dieser wird als 5 Millimeter dicke Schicht auf Süßkartoffeln gelegt. Dann an den Rand des Grillrostes gelegt. Fast eine Stunde werden die Kugeln liegengelassen, aber mehrmals gewendet. Das übliche Veganer-Material wird entsprechend dabei auf dem Grill geröstet. Das Bier zwischendurch ist ein Labsal der besonderen Güte für mich, neben all dem fleischlosen Grillgut. Martha lockt mich an einen Tisch, auf dem eine Menge Obst und Gemüse lagert. Mittendrin steht eine kleine, recht unscheinbar aussehende Küchenmaschine. „Hast du auch eine Smoothie–Maschine?" „Nein, was macht die?" frage ich neugierig. „Was? Dass weißt du nicht? Pass auf, ich mache jetzt einen tollen, supergeilen ‚Smoothie'!" Dann nimmt sie Möhren, Äpfel, eine Banane und vier entkernte Pflaumen und schmeißt das Zeug einfach hinein. Deckel drauf, Knopf gedrückt und rums… wird das Zeug gehäckselt und geschleudert. Nach einer Minute Deckel ab und rein ins Glas. „Na wie schmeckt das?" fragt Martha. „Kann nicht meckern". „Siehst du, das brauchst du auch", tönt Martha. Nach einer Stunde kommt Martha´s Einsatz. Die Teigkugeln werden von dem Rost genommen und Martha schlägt mit einem Hammer solange auf die steinharten Salzteigkugeln, bis die Schalen die gegarten Kartoffeln freigeben. Ein wahrer Leckerbissen für Veganer. >Kann man mögen, muss man aber nicht<, denke ich.

Ab 13.00 Uhr herrscht in unserer Kleingartenanlage bis 15.00 Uhr Mittagsruhe. So steht es an der Hinweistafel. Das ist jedem bekannt und in jeder Jahreshauptversammlung ermahnt der Vorstand die Koloniemitglieder, sich auch daran zu halten. Aber wie im richtigen Leben gibt es Gartenfreunde, die meinen, sich nicht immer daran halten zu müssen. Das gibt oft Zoff, böse Worte und manche reden mehrere Tage nicht miteinander. Dann ist wieder alles beim alten. Meine Uhr signalisiert Mittagsruhe, ich höre mit der Gartenarbeit auf und genehmige mir ein Bier auf meiner kleinen Bank vor dem Haus. Hier sitze ich gern, hier kann ich sehen, wer gerade vorbei kommt und so ergibt sich manch spontanes Gespräch.

Die Begegnung der besonderen Art

Kurt kommt wie gerufen, ein Wink, und schon sitzt er neben mir auf der Bank. Ein Bier kommt für ihn gerade richtig. Nachdem wir die üblichen Gesundheitsfragen abgearbeitet haben, wer wann warum wieder zum Arzt muss, werde ich neugierig betreff der Historie über unsere

Kolonie. Als alter Hase kennt er Geschichten, die immer wieder zum Schmunzeln einladen. „Da gab es vor vielen Jahren ein Erlebnis, das die, die dabei waren, es wohl nicht so schnell vergessen haben", erzählt Kurt. „Ich glaube Jörg hieß er. Er hatte schon lange einen Garten in unserer Kolonie. Es dauerte ja nicht lange und bald kannten sich alle in der Kolonie. Wie ein Lauffeuer verbreitete sich die Nachricht, der Jörg ist gestorben. Ein Verkehrsunfall auf der Heimfahrt von der Arbeit. Jörg hatte seinen Garten allein bewirtschaftet. Jeder kannte ihn als ruhigen, bescheidenen Junggesellen. Ab und zu kamen Freunde oder Arbeitskollegen zu Besuch, mehr wusste keiner über ihn. An der Vereins-Infotafel hing eine Trauerkarte. Etwa zehn Tage später kam es zur Begegnung der besonderen Art. Die Helga Buttgereit saß damals noch nicht im Rollstuhl und sah ihn zuerst. Sie stieß einen schrillen, urgewaltigen Schrei aus und fiel in Ohnmacht. Mit ihr das Tablett mit den Getränken, die sie als Bedienung den Gästen draußen unter der großen Kastanie vor der ‚Kastanienklause' bringen wollte. Ein irres Durcheinander, Nateken stürzte nach draußen und rannte schreiend in die ‚Kastanienklause' zurück. Wer noch alles dabei war, weiß ich jetzt nicht mehr genau. Jörg stand unter der großen Kastanie und ruderte wild mit den Armen und versuchte, die Menschen zu beruhigen. Für die, die ihn kannten, war er ein Geist, ein Auferstandener, ein Wunder. Ich war nicht dabei, aber diese Geschichte wurde sicher schon hundertmal erzählt. Jemand rief die Feuerwehr, den Notarzt, und die kamen ziemlich schnell. Helga hatte sich die Schulter ausgekugelt, Nateken bekam eine Beruhigungsspritze. Schnell hatte sich eine große Gaffer-Schar eingefunden, in der es weitere Schreianfälle gab. Der Jörg entpuppte sich als Zwillingsbruder und entschuldigte sich. Er kennt diese Problematik und versucht, die Auftritte dieser Art vorher telefonisch anzukündigen. Doch hierfür fehlten ihm die nötigen Informationen. Die Brüder Jörg und Julius waren seit vielen Jahren zerstritten. Die Buschtrommel wurde schnell geschlagen, damit sich keiner weiter zu Tode erschreckt, wenn der „Jörg" wieder durch die Kolonie läuft. Julius musste sich dann um die Formalitäten der Kündigung der Parzelle kümmern". Kurt und ich stellen beruhigt fest, sowas kann uns nicht passieren, wir sind beide verwöhnte Einzelkinder.

Luise S. wird einhundert Jahre alt

Eine alte Dame, ein runder Geburtstag und schon flippen die Laubenpieper aus. Gartenfreundin Luise S. wird heute einhundert Jahre alt. Die Liste der eingeladenen Ehrengäste und die Rednerliste sind lang. Das Festzelt ist total überfüllt.

„Damals, vor 100 Jahren, ging es in den Kolonien so richtig zur Sache, weiß der erste Redner zu berichten. Wie in Bienenstöcken wohnte die massiv angeworbene Landbevölkerung in den Mietskasernen der Stadt. Zimmer waren nicht viel mehr als Zellen einer Wabe, in die vielfach kein Strahl Sonne fiel. Höhere Beamte und Fabrikanten saßen derweil auf ihren weitläufigen Terrassen im Grunewald. Die Zuwanderer vermissten bald das, was sie zurückgelassen hatten. Heimatsehnsucht und der krasse Platzmangel im alltäglichen Leben beschworen zwangsläufig Spannungen herauf.

Daher wundert es nicht, wer sich für die Einrichtung von Gartenvereinen einsetzte und warum er dies tat. Ob die Armengärten des 18. Jahrhunderts, das Grabeland der Fabrikanten, die Arbeitergärten des Roten Kreuzes oder die Schrebergärten des 19. und beginnenden 20. Jahrhunderts: Alle Gartenanlagen wurden von nicht direkt Betroffenen gegründet. Fabrikbesitzer, hohe Verwaltungsbeamte und deren Gattinnen entdeckten ihr Herz für die sozial Benachteiligten; zumindest wollte man damals so denken. Die Anfangsgeschichte und die Struktur des Kleingartens sind ein Spiegel der deutschen Sozialgeschichte. Sie zeigen politisch-bürokratische Strategien zur Bedürfnisbefriedigung bei den Ärmsten der Armen. Ein probates Mittel zur Schaffung von Ruhe in der Gesellschaft.

Die Römer nannten es „Panem et circensis". Wie groß das Herz der hohen Herrschaften wirklich war, legt Hartwig Stein*[1] in seiner Doktorarbeit „Inseln im Häusermeer" detailliert dar. In erster Linie trieb die Angst vor dem roten Gespenst des Sozialismus die Besitzenden um.

Dies fernzuhalten, sollte die Aufgabe eines Gärtchens sein. Ein weitläufiges, helles Kontrastprogramm zu gewohnter Enge im Quartier und gearbeiteter dunkler Stunden in den Fabriken. Mit der Aussicht auf einen Feierabend neben dem Apfelspalier ließ sich der Fabrikstaub unbekümmerter einatmen.

Zudem waren Kleingartenvereine, die sich im letzten Drittel des 19. Jahrhunderts zu Tausenden gründeten, ganz im Sinne Schrebers „gut getarnte Erziehungsanstalten". Statt befreundete Schluckspechte in der Kneipe sollte der Vater Frau und Kinder im Garten treffen. Nicht in flüssigen Korn galt es den Lohn zu investieren, sondern in Setzkartoffeln. Nicht in politischer Diskussion sollte die Fantasie verführt, sondern mittels Fitnessprogramm der Boden durchwühlt werden. Denn auch das galt: Nur ein gesunder und brav denkender Arbeiter war ein produktiver Arbeiter.

Das Modell hatte Erfolg, der Kleingarten blieb bis heute ein politisch eher schwach beheizter Ort. Der Kleingarten war einfach zu schön, um dort revolutionäre Gedanken zu schmieden. „Rote Spießbürger", wie Hartwig Stein* sie nennt, genossen ihr Leben in ihrem kleinen Paradies zu sehr, als Gefahren heraufzubeschwören.

„Damals ging es in den Kolonien so richtig zur Sache. Der Alkohol sei in Strömen geflossen, und auch sonst waren Kleingärtner sehr freizügig. „Viele frönten der FKK Kultur und liefen nackt herum." Hamburg und Schleswig-Holstein gehörten neben Berlin, Leipzig und Sachsen zu den frühen Zentren der Kleingarten- Kolonien. Diese sogenannten Armengärten sollten mittellose Familien versorgen. In den Großstädten wurden die Gärten vor allem für gestresste Arbeiter und zivilisationskranke Kinder angelegt.

Denn nicht nur reiche Leute sollten sich an frischer Luft und sattem Grün erfreuen, dachte sich ‚Daniel Schreber' (1808 bis 1861), „Urvater" der Kleingärten.

„Für die Nutzer bedeutete Freizeit auch gleichzeitig Freiheit". Unbebaute Plätze in der Stadt wurden einfach besetzt, die Lauben zimmerte man „nach Lust und Laune" zusammen, manche sahen aus wie Schiffe oder Ritterburgen.

Das anarchische Treiben wurde den Stadtvätern bald zu bunt: Es wurde das erste Gesetz gegen „die Wilden" erlassen.

Der 1. Weltkrieg tobt mit all seinen Schrecken. Schnell wird die ernährungs- und sozialpolitische Bedeutung der Laubenkolonien erkannt. Damit die Kolonisten aber auch wirklich etwas Vernünftiges mit ihrem frisch erworbenen Pachtland anstellen, bietet man ihnen Kurzlehrgänge in den „Lehranstalten für Obst und Gemüseanbau" an und erklärt am 28.März 1915 den Anbau der Erbse zur „vaterländischen Pflicht" Nutzlose Blumen sind in den Gärten verpönt.

Eilig werden, je nach Baumaterial, kleine Lauben gezimmert.

Aus ordnungspolitischen Überlegungen verbietet man das Übernachten in den Gärten. Die Haltung von kleinen Nutztieren spielt eine wichtige Rolle. Hühner, Tauben, Stallkaninchen, ja sogar Ziegen bevölkern die Parzellen. Im Vordergrund steht der Wunsch nach Selbstversorgung. Deshalb werden hauptsächlich Kartoffeln, Rüben, Gemüse und Tabakpflanzen angebaut. Der Krieg ging zu Ende. Der Laubenpieperalltag konnte wieder seine eigenen Strukturen entwickeln.

Es liegt noch gar nicht so lange zurück, da gab es in vielen Kleingärten noch ‚Plumpsklos'. Da wurden die Produkte des ‚Plumpsklos' noch zur Düngung, besonders der Tomaten im Garten genutzt. Der epochale Fortschritt bescherte uns den Segen des ‚WC' mit Spülung, Handtuch-Trockner und vieles mehr. Wer als neuer Unterpächter heut zu Tage einen Kleingarten bewirtschaften will, muss folgendes beachten. Gibt es einen Wasseranschluss in der Laube, muss ein spezieller, TÜV-zertifizierter Sammel- Behälter in den Gartenboden eingelassen werden. Für die umweltfreundliche Entsorgung (abpumpen) des Fäkalien- Behälters hat der Gartenfreund selbst zu sorgen. Wenn ihm das zu umständlich ist, entscheidet er sich vielleicht für ein ‚Plumpsklo', dann kann er auch seine Tomaten düngen so wie es zu Opas Zeiten.

Das ‚Plumpsklo' ist ein Brett mit einem Loch in der Mitte unter dem sich eine tiefe Mulde oder ein Eimer befindet. Das Brett ist von einer Art Schrank umgeben in den man hineinklettern kann. Aus der Schranktür ist meistens ein Herzchen gesägt. Kommt es zu längeren Sitzungen, kann man durch das Herzchen die Natur beobachten. Das Brett mit dem Loch in der Mitte dient dazu, genau dort sein nacktes Hinterteil zu platzieren. Man sollte tunlichst vermeiden hin und her zu wackeln, während man sein Geschäft erledigt. Leicht rubbelt man sich einen Holz-Span in sein Sitzfleisch.

Die Jubilarin übernahm 1960 einen Kleingarten Es gab zwar einen Wasseranschluss, aber noch keine

Stromanbindung. Es war die Zeit der Plumps-Klosetts, in der die Tomaten durch den heimisch erzeugten Dünger hervorragend wuchsen. Auf einer Parzelle wurden Tauben gezüchtet. Es gab Hühner und der krähende Hahn führte zum Nachbarschaftsstreit. Einem anderen Gartenfreund wurden nachts die Kaninchen gestohlen. Einen Imker gab es damals auch schon auf dem Gelände. Eines Tages brannte eine Laube ab. Der Gartenfreund Leo betätigte sich oft als Wasserverbrauchs-Wächter und stauchte manchen Gartenfreund zusammen. Er lud sich stets zu Geburtstagsfeiern ein und wusste wo immer was los war. Der Fortschritt machte auch nicht vor der Kleingartenanlage halt. Die Stromleitungen wurden in Gemeinschaftsarbeit 1981 verlegt Zwei riesige Aprikosenbäume auf ihrer Parzelle starben ab. Oft kümmerte sie sich im Herbst um Igelkinder und sicherte ihr Überleben. Als einer mit der Hühnerzucht begann, zog es auch Füchse in die Kolonie. Teichfrösche, Grasfrösche und Kröten lebten in ihrem Garten, ihrem kleinen Paradies.

Und nun ein Prosit auf das Geburtstagskind. Es herrscht schnell Oktoberfeststimmung im Zelt. Laubenpieper wissen wie man feiert. Die Ordnungshüter wissen das auch. Sie kennen die Schallmauer und ihre Pflicht. Punkt Zweiundzwanzig Uhr hat der Minutenturm sein Ziel erreicht. Alles wiederholt sich.

Abgrillen und die Poesie eines Kleingartens

Der Herbst eignet sich vorzüglich, Bilanz zu ziehen. Wie war dieser Sommer? Ein Gradmesser dafür ist auch der Wasserverbrauchszähler, der in diesen Tagen wieder von den ehrenamtlichen Gartenfreunden für die Jahresendabrechnung abgelesen wird. Jeder Gartenfreund soll anwesend sein, oder zumindest für einen ungehinderten Zugang zum Wasserverbrauchszähler im eigenen Garten sorgen. Das gleiche wiederholt sich im Frühjahr, wenn das Wasser wieder angestellt wird. Manche Gartenfreunde nutzen diesen Tag für einen letzten kleinen Umtrunk oder für das obligatorische Abgrillen. Mein Gartennachbar Günter hat eine grölende Horde um seinen Grill im Garten versammelt. Die Mittagsruhe ist ausgesetzt und wird durch laute Rammstein-Folklore gefüttert. Ich ziehe es vor, bei Nateken ein Bierchen zu trinken. Auf halbem Weg ruft mich Otto in seinen Garten. Zaghaft schmunzelt die Sonne zwischen lockeren Wolken hindurch. Ich unterhalte mich gern mit Otto und seiner Frau. Heute ist er allein im Garten. Er bietet einen Chateau Philippe-Le-Hardi-Rot an und schon fabulieren wir über das aktuelle Zeitgeschehen. Ob es sinnvoll ist, sich gegen Grippe impfen zu lassen oder die Saunabesuche einzustellen. Ich höre ihn gern reden. „Vier Kinder habe ich", sagt er stolz. „Alle sollten mal was werden, wie es so schön heißt. Nicht gerade Lehrer, so wie ich es wurde. Unsere kleinbürgerlichen Familienfeste hier im Garten wurden zunehmend zu dramatischen Inszenierungen missbraucht. Vermeintliche Wahrheiten wurden bei hochprozentigen Getränken zur Sprache gebracht. Ich bedauerte oft diese totale Entfremdung. Wir sehen uns jetzt immer seltener". Das Zuhören macht mich ein wenig melancholisch. Er merkt es und lächelt. „Darius ist mein Jüngster, er lässt sich jetzt öfters hier im Garten blicken. Er lebt in einer Wohngemeinschaft. Was er so treibt, erzählt er mir nicht. Ich unterstütze ihn finanziell. Ab und zu bringt er WG-Mitbewohner mit. Sie reden vom ‚Urban Gardening', naturnahes Gärtnern. Sie wollen Künstler werden, einfach ausbrechen. Wohin, das wissen

sie noch nicht. Ihre Gedanken, ihre Sehnsüchte sind weit weg von den Angepassten. Irgendwie kann ich sie verstehen. Sie sind dabei, meinen Garten umzukrempeln. Ich lasse es zu, es macht mich neugierig. Einer aus Darius´s WG, Darius nennt ihn ‚unser kleiner Poet‘, hat eine literarische Abhandlung verfasst". Otto steht auf und bringt mir den Text.
>Ein naturbelassener Kleingarten mit den Augen eines Poeten betrachtet.........
Ist er eingetreten in dieses naturbelassene Refugium, erkennt der Besucher, dass er durch seine Handlungen Gestalter dieses Raumes ist. Die profane, naturgewollte freie Entfaltung bildet das Szenarium für dieses freie ungestörte Wachsen und zaubert natürliche Installationen. Seit Urzeiten begleitet der Raum die Menschheit. Raum als Notwendigkeit, als künstlerisches und kulturelles Ereignis. Die sich bedingenden Zustände lassen sich nur im eigenen Erleben erfahren und beurteilen. Natürliche, lebende ‚Materialien‘ prägen das Bild. Die Gesamtästhetik erfährt einen wesentlichen Gestaltungsraum. Die einzelnen Gewächse reflektieren in dieser Konstellation die Zusammenhänge zwischen dem >Leeren Raum< und

der >Lebendigkeit<. Der besondere Reiz liegt in der kreativen Bereitschaft der Besucher im steten, spontanen Wechsel, immer wieder neue Szenarien für den Anschauungs-Standpunkt zu kreieren. Jede neue Positionierung dieser naturgewollten, figürlichen Standorte ergibt ein außergewöhnliches Stimmungsbild. Diese szenischen ‚Bühnenbilder' erfahren, bedingt durch das freie Wachsen, in unregelmäßigen Zeitfenstern eine Neugestaltung in Harmonie mit dem Unendlichen. Nur wer sich darauf einlässt, erkennt den wahren Sinn<.

Der Nachbargarten hat ihn wohl zu dieser poetischen Aussage inspiriert. Dieser Garten hat seit einem Jahr einen neuen Unterpächter. Ein naturbelassenes Refugium ist entstanden. Es wird kühl, die Sonne hat sich hinter fetten Wolken verabschiedet und verbreitet Aufbruchsstimmung bei uns und rings um uns in den Gärten.

Die Gartenparty

Kurt, der 1.Vorsitzende, lädt zu einem privaten Sommerfest in seinen Garten ein. Punkt 13 Uhr stürmt ein Gartenfreund in meinen Garten, den ich noch nie gesehen habe. Ob ich lustige CD's habe, was Schönes zum

Schunkeln und so. Ich verspreche nachzusehen und sie dann mitzubringen. Gegen 14 Uhr werde ich mit großem Bahnhof von der Feiergemeinde empfangen. Ein Dreigestirn von Landfrauen hat mich, den Neuen eingekeilt, ihre Männer sind für das Catering zuständig und versorgen mich mit Bratwurst und Bier. Beidseitig und gleichzeitig bemühen sich meine Betreuerinnen, die anwesenden Kleingärtner zu beschreiben. „Übrigens, mein Mann hat die Beerdigung von Frau Kaiser in der vorigen Woche gemanagt. Er war mal Leiter einer Beerdigungsfirma. Wenn sie mal Bedarf haben, er kann da bestimmt was managen. Sie wissen ja, wie ich das meine, gell?" Es folgt ein helles Lachen, das mit einem gurrenden Timbre ausklingt. Ich werde Herrn und Frau Bartel vorgestellt. Frau Bartel trägt ihren altersschwachen Dackel immer auf dem Arm mit sich herum. „Da hinten sitzt Frau Seidel. Sie hat schlimme Erfahrungen mit Männern gemacht, sie ist schwer enttäuscht worden. Da hinten am Grill, steht das Ehepaar Esswald, die hatten früher auch mal einen Hund. Der hat viel gekläfft. Seit die nicht mehr den Hund haben, sprechen wir auch wieder mit ihnen. Frau Esswald hat Verwandte in den neuen

Bundesländern. Es wird gemunkelt, die hatten was mit der Stasi zu tun, aber nicht weitersagen, wenn sie verstehen was ich meine".

Meine Souffleuse unterbricht, Herr Wehrt tritt in die Runde. Reicht allen brav seine Hand und bleibt am Grill stehen. „Herr Wehrt ist bei der Feuerwehr. Herr Hansen von der 88. ist Pilot, fast nie zu Hause. Dann kam er plötzlich mit Frauen an, bestimmt seine Stewardess-Flittchen. Da hinten ist die Frau Klüger, Nachbarin von dem Piloten. Dass sie säuft, wissen ja alle hier in der Kolonie. Sie hat die Scheidung nicht überwinden können. Soll ja eine waschechte Polin sein, sagt man". Sie unterbricht ihren Redeschwall, alles stiert auf die neuen Gäste. Ich bin ihnen nur einmal begegnet, es sind die einzigen jungen Kleingärtner hier in der ‚Frohsinn II', die ich kenne. Meine Souffleuse wird durch ein Stück Kuchen außer Betrieb gesetzt.

Ich nutze die Gunst der Kuchenpause und nehme eine zweite Bratwurst, setze mich zu den jungen Leuten an das Tischende. Aus bangloser Konversation über das Wetter wird anspruchsvolle Kommunikation. Wir machen

Inventur. Es gibt fünf Hunde, zwei Katzen, ein Gartenfreund hat einen großen Vogel hier in der Anlage. Eine halbwegs gepflegte Vereinsparzelle mit spärlichen Pflanzen und einem ungepflegten Buddelkasten.

Die Hitparade der Volksmusik feiert Auferstehung, die Lautsprecher dröhnen aus den Bäumen und vertreiben die krümelsuchenden Spatzen. Die letzte Grillwurst quält sich der Bestatter hinein. Der Feuerwehrmann hört angeblich ein >piepsen< in seinem Bereitschaftsdienstempfänger und leitet seinen Rückzug ein. Die jungen Leute erfinden einen wichtigen Geburtstagstermin, stammeln etwas von >fast vergessen> und sausen dem Feuerwehrmann hinterher. Ich will die Gunst der Stunde nutzen und den Fahnenflüchtigen folgen. Ein starker Arm reißt mich zurück. Frau Seidel hat derb zugepackt, mein eingerollter Hemdsärmel hat das übelgenommen. Sie entschuldigt sich, doch ich glaube ihr nicht. In der noch tropffrischen Erzählchronik von Frau Harz ist sie für mich eine bedauernswerte Männerverächterin. Der Kelch des Alkohols geht auch an mir nicht vorüber. Dass aus den Erzählpuzzles der Souffleuse entstandene Profil von Frau Seidel bröckelt bedenklich und schnell. Vor mir sitzt eine hochgebildete Frau, derart verblüfft ziehe ich respektvoll gedanklich meinen Hut. Ich lausche gespannt ihren Ausführungen. „Ich schließe meine Augen, um zu sehen. Sagte einmal ‚Paul Gauguin' und so male ich auch meine Bilder. Wenn wir wirklich ehrlich zu uns sind, dann müssen wir zugeben, dass unser Leben Alles ist, was uns wirklich gehört. Also bestimmt die Art, wie wir unser Leben führen, was für Menschen wir sind. Das hat einmal ‚Cesar Chavez' gesagt und so versuche ich zu leben. Es ist, als wandle ich auf einem spirituellen Pfad, einer Aktivierung meiner Phantasie". Wir kommen zu Gott und der Liebe. Was die Liebe betrifft, so verblüfft sie mich mit ihrer Erkenntnis, die wahre Liebe vertrüge keine Zwänge. Sie hat nie geheiratet, aber auch nie auf die Liebe verzichtet. Sie liebt seit Jahren einen verheirateten Mann. Die Begegnungen sind selten, vielleicht deshalb so tief und innig. „Keine Besitzansprüche, loslassen können, dass ist das große Geheimnis einer wunderbarer Liebe. Es gibt Liebe, keine Verlierer, verletzte Seelen nur bei törichter Offenbarung. Ich brauche keinen Mann ständig um mich herum. Als Vorzeigeobjekt in der Alltagsszenerie, beim Einkauf oder auf Partys. Wie oft streiten sich die Paare, zu

Hause und in der Öffentlichkeit. Verletzen, demütigen sich mit banalen Worten". Wie lästige Fliegen grabschen nun trunkene Hände nach Frau Seidel und mir.

Tanzen, schunkeln im Volksmusiktakt der Oberkrainer-Blaskapelle. Es erfordert Mühe, doch uns Beiden gelingt die Flucht. Ihr Garten liegt einen Nebenweg weiter. Ich sei der erste Mann, der ihre Bilder hier im Garten zu sehen bekommt. Ich bleibe bis zum Frühstück. Es ist nicht bei dem einen Mal geblieben und nun glaube ich, ich bin angekommen. Ein Kleingärtner mit all seinen Macken, die ein richtiger ‚Laubenpieper' auch haben darf.-

----

Noch nie war die Zeit so günstig
einer Sucht zu verfallen.

Wir rasen mit galaktischer Geschwindigkeit als mutierte Smartphone-Zombies durch die Zeit. Den Blick aufs Display fixiert. Chatten, Twittern, Bloggen statt reden. Coffee to go im Laufschritt. Yoga zum Entspannen. Im Zeitgeist zwischen burn out und der Gier nichts zu verpassen.
Wie wär's mit ‚Urban Gardening'
Suchtfaktor mit Glücksfaktor.

Manfred Schmidt

Über den Autor

Manfred Schmidt, Jahrgang 1941 aus Schlesien, ist verheiratet, eine Tochter und lebt seit 1945 in Berlin. Er hat einen technischen Beruf erlernt und hat nach der Wende als Dozent Teamwork-Seminare an der VHS Dresden / Berlin abgehalten. Immer kunstorientiert, an Abendschulen künstlerisches Gestalten und Kenntnisse über Maltechniken erworben. Im Ruhestand Bilder gemalt, Einzelausstellungen, Holz-Skulpturen geschnitzt. Auf dem Darß gesurft, auf der Ostsee gesegelt. Mit dem Fahrrad durch halb Europa geradelt. Beiträge in Presseerzeugnissen und begeisterter Schreiberling. Prosa und Geschichten aus dem ganz normalen Wahnsinn des Alltags geschrieben.

Seite
08 Die Kastanienklause wird ‚Zum Dudelsack'
14 Hecke schneiden nur an Blatt-Tagen
18 Russische Rennmäuse
21 Schneckenalarm
23 Enzo der Pilzzüchter
29 Poesie des Augenblicks
31 Wahre Liebe kennt kein Hindernis
34 Goldgräberstimmung
36 Loretta das Luder
41 Die Schlaumeier
44 Die Jahreshauptversammlung
51 Die Prosecco-Frauen
53 Oben ohne und Sexy Wäsche für Landfrauen
56 Ohne Handy geht gar nichts
59 Auf Nachtstreife
61 Notbeatmung
64 Aus Kindertagen
70 Das Sommerfest
76 Feng Shui im Garten
78 Deutsch-Amerikanisches Volksfest Tempelhof
80 Opa Hannes hat Geburtstag
86 ‚Deislers' Fußballhose
88 Sodom und Gomorrha
91 Ein Mäusefreier Garten
92 Handgreiflichkeiten
94 Der Frauen-Versteher
97 Alles Öko oder was
101 Lustigmacher- Kekse
108 Ich werde ein richtiger Laubenpieper
111 Rückenprobleme
117 Rundumversorgung
163 Biker aus Michigan
167 Erotik für Senioren per Internet
176 Wer hat den größten Kürbis
201 Veganer grillen auch
207 Der 100. Geburtstag
Quellenangaben
*1 Hartwig Stein „Inseln im Häusermeer" Prof. Dr. Klaus Neumann Büro Neumann Gusenburger

Det mit dem Vastand

Mensch Junge, sacht Mutta, wo haste nur
deinen Vastand, da baute ick noch Burjen in den Sand.
Ick brauchte nischt machen, wurde jrößer von alleene
und hatte lange dünne Beene.
Da konnte ich kieken über manchen Zaun
und scheene Äppel klauen.
Wurd ick erwischt, jab's wat mit de Hand
Mensch Junge wo haste nur deinen Vastand
Bald schossen bei mir de Frühlingshormone
und Inka's Äppel war'n ooch nich ohne.
Et dauerte nich lange,
da wurde mir janz bange
in Inka's kleenem Stübchen,
saß unser kleenes Bübchen.
Mensch dachte ick mir,
wo haste nur deinen Vastand
Musste nu schubbern,
Kohle ranschaffen, nix mehr mit Tussis gaffen.
Doch eenmal, konnt ick's nich lassen,
kickte übern Zaun, nich um zu klaun.
Jung de Maid, scheene Äppel und jut im Futta
wie meenes Bübchens Mutta
schon jab's wat mit de Hand.
Mensch Junge wo haste nur deinen Vastand
Nu bin ick alt, de Jefühle schon kalt
nach scheene Äppel kieke ick nich mehr üban Zaun
ick lass mir ooch nich mehr vahaun. meene inka hält mir
so feste de hand und ick spiel mitten enkel innen sand
und denk- mensch kleener haste ooch j e n u ch Vastand.

Spatzenliebe

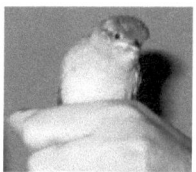

Ick weeß nich, ick glob ick werd alt nu isset doch frühling und nich mehr so kalt.
eijentlich müsste meen herze bubbern hei jo
wejen der frühlingsjefühle und so. ick spür keene lust mehr in meene jlieda, allet stille in meen jefieda.
früher war ick der scheenste, der jrößte im janzen revier
ach wat, ick war der könick hier.
hatte weiba mehr als ick wollte, hab ma amüsiert wie bolte.
ick ließ nischt aus, wat et so jab zum erleben
brachte manchet vogelhaus zum erbeben.
und jabs mal kloppe, kam der alte mal früha nach haus
macht ick halt nee kleene paus irjendwann kam ick von
eener nich mehr los, ham wa jeheiratet janz groß.
bald kamen de jören im sechserpack
und schrien nach futter, ick floch um de wette mit mutta.
kaum warnse flügge aus'm haus vaschwunden,
hat mutta die nächsten entbunden. nu musste ick ackern
wie'n wilda ick liebte doch meene hilda.
so jing det jahr für jahr mit uns beede,bis et jab ne fehde.
hab nur jeguckt, nee sachte hilda, hast druff gehuckt,
uff det Weibsbild du wilda.denn floch se weg meene hilda
se kam nich mehr wieder, und ick kriechte jrauet jefieda.
nu sitz ick hier oben uff det dache, und halte wache.wart
uff oma, der fliech ick uff de hand,
hat ma schon als kleenen knirps jekannt.da pick ick mir de
krimel alle weg, oma weeß schon wat mir schmeckt.
wer weeß, vielleicht hab ick noch jlück und meene hilda kommt doch noch zurück!

Herstellung und Verlag:

BoD - Books on Demand, Norderstedt

ISBN 9783743139619

Autor Manfred Schmidt

2017

Dieses Buch ist im Internet
und Buchhandel
als Paperback
und E-Book erhältlich.